生物股長
水野良樹

雖然狗狗不會唱歌

犬は歌わないけれど

譯者｜陳虹儒

封面繪圖：COFFEE BOY

臺灣版增序

臺灣的大家，你們好。我是生物股長的水野良樹。

在臺灣「生物股長」這個音樂團體的知名度有多高，我難以想像。但是，我們發行的專輯，多次在臺灣的音樂排行榜上獲得很高的名次。這對我們的音樂人生而言，是件相當光榮且幸福的事。在臺灣，有很多和日本歌迷有著相同、甚至更勝於他們熱情的人們，聆聽著我們的樂曲，讓我感到非常高興。真的很謝謝大家。

言歸正傳，這次，要帶給大家的不是音樂作品。而是身為生物股長團長的我，做為一個音樂人，或一個社會人士，抑或是一個孩子的爸爸，寫下日常生活所想的散文。

這些散文在日本國內報紙上連載的數年之間，世上真的發生了很多事情。像是新冠肺炎疫情的蔓延等，能夠和跨國境的大家有相同感觸的國際事件不少。另外不僅是在「世上」這個大框架下，在「我們」這個小群體之中，也發生了大事。身為團員一同活動至今的山下穗尊，於二〇二一年夏天，退出了生物股長。

臺灣的大家聽到「生物股長」的名字，可能腦中會浮現出三人組的身影。這無可厚非，畢竟我們以這個體制活動了二十二年。變成雙人組對我們來說是件大事。這次的散文集裡面，也鉅細靡遺地描寫了公布山下退團時我自己的心情。我盡所能坦白、仔細地下筆了。希望臺灣的大家，能夠盡興閱讀生物股長的音樂背後的故事。

我們在相隔遙遠的土地上，有著不同的語言和文化。不過，就像歌曲能夠傳遞給大家一樣，我相信大家也能夠將這本散文集伴在日常生活角落，並待其如友。

在不斷變動的世界之中，為了些什麼而祈願的殷切日益增加。

希望大家能健康地度過每一天。

還有，希望總有一天，能夠在演唱會上見面。

水野良樹

序

我自己的日常，沒有這麼多戲劇性的事情發生。

以音樂維生，偶爾在電視或是廣播等媒體上露臉的自己，雖然是以分類而言稱作「藝人」的人，不過實際上每天都被音樂製作的截止日期追著跑。窩在地下工作室的時間比較長，過著單調的生活。

從二〇一九年的春天，我開始在共同通訊社網站上寫連載文章，也就是做為這本書基底的「邊寫著歌（註1）」這個專欄。

註1　專欄原名為「そして歌を書きながら」。

一篇文章僅約四張稿紙的文字量。不過，和我自己平常所接觸的歌曲創作一樣，簡短，不必然意味著寫起來簡單。正因為簡短，才需要刪除無謂的修飾，或是得將事情的來龍去脈簡潔統整。不如說，反倒很困難。

我自己的日常很樸素這點，毫無疑問。但另一方面，這個連載開始的二〇一九年春天到現在的這段期間，社會上發生了很多事情。

從平成更改年號成令和開始，新冠肺炎的疫情延燒造成前所未有的世界混亂。東京奧運、帕拉林匹克運動會因此延期舉辦。

能夠實時參與終將寫在歷史教科書上的幾個瞬間，這種經驗，回顧起來或許是非常寶貴的。

書寫下日常的這個專欄（先不論我自己筆致的拙劣），應該多少蘊含著這個時代的氛圍吧。

讀者的大家，當然也和我一樣，生活在這幾年不穩定的社會狀況之下。身為作者，我厚顏地希望，對讀者各位而言，這本書能成為回憶這幾年裡自己日常的記憶輔助線。身為活在同個時代的人，希望能透過這本書，帶給大家一起聊天分享眼前艱困日常的感覺，這是我最大的喜悅。

「大家，要多保重身體健康。」

是這句平凡不過的話，再度覆上沉重意義的日常。

希望入手這本書的你，和你所重視的人，都能度過安穩的日子。

水野良樹

目次

未來在哪裡

「未來在哪裡？」

感覺像是會出現在自己本業的 J-POP 歌詞裡的句子，前幾天有人實際對我提出這個問題，讓我傷透腦筋。如果對方是大人的話，或許還可以笑著說：「還真是個會找麻煩的人啊。」這樣蒙混過去。但事情並沒有這麼簡單。

提問的是三歲的我家兒子。

本人無比認真。他用圓滾滾的眼睛看著我，率直地提問。

我總是對小孩子的成長速度感到吃驚。不久之前說話方式還只像是羅列單字，轉眼間成了完整的對答。不知道像到誰，只有那張嘴很會說，自我主張也開始變得明顯。身為父母雖然感到棘手，不過坦白說，這點也很可愛。他直率地表現出喜怒哀樂、不斷轉變的表情，看了很開心。

某天晚上，他一如往常鬧起彆扭，說：「還想再玩。」不肯睡。好不容易把他帶到床上，輕撫他的背要哄他睡。真不該在他終於有點昏昏沉沉的時候，為了哄他而說那句「明天再玩」的。三歲的小「哲學家」，沒有漏聽那句不小心說出口的話。

「明天是什麼時候？」

開始了問題的洗禮，一旦開始就沒完沒了。這個對答的傳接球會一直持續到有個他滿意的回答出現。如同預料，毫無止盡的對話之中，在我說出「未來」這個詞時，他回了我開頭的那個問題。

雖然有些時候他的確不知道某個詞是什麼意思，不過年幼的他似乎是還無法徹底理解時間的概念。不無道理。我眼前的這個孩子出生到現在，不過三年。

才剛有記憶，可以稱作回憶的過去還很少。他所能想像的未來也還很渺小。所以說兒子幾乎只活在「當下」。未來是什麼？過去是什麼？他纏著我問，真傷腦筋。

這些概念，一旦要說明還真的很困難。要用能讓三歲小孩理解的簡單說法說明時間的概念，可謂艱困至極。

「還沒發生的事叫做未來，已經發生的事叫做過去喔。」

我迫不得已如此回答，但他仍舊偏著頭表示疑惑。

「剛才吃晚餐的時候你努力吃下番茄了對吧？那是已經發生的事情就叫做過去喔。」接著兒子表情驚訝地問說：「咦？番茄氣噗噗的嗎？」他好像把「發生」想成「生氣」（註2）了。

這個可愛的烏龍讓我不禁笑了出來。狡猾的父親邊笑，邊想著有沒有辦法轉移話題。小孩子總會天真無邪地探究大人自以為已經理解的事物本質。

活了三十八年身為大人的自己累積了相當程度的過去。都走到今天了，樂觀地覺得，接下來也是春天到來再迎來冬天，每一天會這麼持續下去，未來也能夠想像。

但是，對三歲的小孩子來說只有眼前的當下。

他僅專注地活在當下。不論是玩具或是冰淇淋都是現在就想享受，沒有辦法像大人一樣留到之後。對尚未充分體會到未來存在的他

註**2**「發生」與「生氣」的日文同音。

來說，要相信大人說的「等一下可以玩」、「等一下可以吃」，是非常困難的。

不過，在此我也有所感。身為大人的我所想像的未來，實際上不過是名為「預想」的幻象，並沒有絕對會存在的保證，不是嗎？

未來總是不確切，有著「突然」和「預料外」。

希望大家能思考一下。這幾十年來，有多少「無法想像的未來」出現在眼前過。他和我們站在同個當下。我們不也不知道這個年幼孩子的笑臉將迎接怎麼樣的未來嗎？

但是，我們和他，有一點不同。可以想像過去和未來的我們，能和他懷抱著不同的想法。

那就是期望。我對他懷抱著期望。

過去我還是小孩的時候，曾有對我懷抱著期望的人們存在。度過歲月保有過去的人們，會繼續對下一個純真世代的人們抱有期望。我們不就是像這樣，把期望當作指南針，大家一起游過了名為不確切未來的這片大海嗎？

希望你能迎來幸福的未來。也希望這個當下，有一天會成為你幸福的過去。爸爸現在，笑看著你，許下此願。

再會

「好久不見要不要碰個面？」

高中時期的友人與我聯絡。

問了才知道他現在為了工作要舉家搬去中國廣州，好幾年不會回來。想說必須幫他送別，就各自調整了行程，結果兩個人都有空的是平日中午。我們約在日比谷一間氛圍不錯的餐廳吃午餐。

「你穿得這麼普通，沒問題嗎？你好歹也算是個藝人吧？」

他看到沒戴帽子也沒戴眼鏡，毫不掩飾身分就出現在約定地點的我，笑了出來。

「如果是哪個大明星就算了，我這種人不太會在街上被搭話啦。」我如此回答之後，他看起來有些高興地說：「你還真是沒變啊。」不過，會像這樣無謂地替我擔心，表示現在的我們倆和高中時期還是有些不同吧。

聽說他在新天地是統率數十位部下的管理階級。而且部下全部都是當地的中國人員工。大家都非常能幹，精通多國語言，工作上也能用日文交流。

「雖然是這麼說，但文化和價值觀都不一樣啊。」他透露出些微的不安。

但是，要說聽起來是無助示弱倒也非如此。他的話語之中可以感受到對於交辦給自身的工作所有的驕傲和責任感，像是有著對新挑戰的沉靜覺悟。眼前的男子，看起來比我所認識的他更為可靠。

高中時期，我們很常一群朋友在回家路上一起去老家附近的速食店。那間店正對著商店街的主道，占下二樓窗邊的位子後，可以清楚看見在街上步行的人們。當時是青春期的高中男生。我們很常在窗邊看著別的女生走在路上的背影，吵著說有沒有可愛的女孩子。因為是沒什麼戀愛經驗的少年們，所以只是一個勁地妄想，真的都聊一些無聊的內容。不過，那些毫無價值的時光，現在回味起來也是懷念的青春往昔。

當年光是要買個漢堡也要煩惱地計算零用錢，現在則是預約了都心的餐廳，傲氣地點了午間套餐，邊顧慮對方，邊做個像樣的大人有品味地吃著義大利料理。話題幾乎全是各自的小孩，兩人都對孩子調皮又棘手這件事露出苦笑，卻同時也對他們健康成長的喜悅有所同感。

接下來必須要在異國的新環境下構築生活。他相當擔心會不會為此造成妻子巨大的負擔。現在的他有想要守護的東西。這點對我來說也是如此。經過了二十年左右的歲月，我們各自走來，走到了距離稍遠的地方。我想大多數的事情還是變了。

「時間，也差不多了吧？」

拿出手機，準備從桌邊站起。其實那天是新年號發表的日子。我們倆默默地看著靜音的小畫面。

畫面中的人，拿起了畫框。

「令和啊，很新鮮呢。」

時代也將改變。在一切都改變著之中，有不變的友情。

他和我都迎來了嶄新的日子。那時的他笑了。

高中生出道

我是被稱讚就會進步的人……這麼說的話，可能會被當成很難伺候的人。不過特別是在開始新嘗試的時候，如果被稱讚會成為很重要的動力呢。我是這麼想的。

秋天是學園祭的季節，在我主持的廣播節目上要聊學生時代學園祭的機會也增加了。像這種時候，我每次都會提起高中時期文化祭的回憶。

已經是二十年前左右的事情了，但至今我仍鮮明記得。如果叫我描述，我可以像是報告昨天發生的事一樣，將當時的光景詳細且流暢地敘述出來。

當時我的母校神奈川縣立厚木高中的文化祭，有個稍微異於他校的制度。每年，都會在校內廣募文化祭的主題曲。午餐時間會在校內播出候選曲目，以競賽方式，交由全校投票決定當年的主題曲。如果獲選為大獎，就可以在文化祭當天站上校內最顯眼的中庭主舞臺，在全校學生面前表演那首原創歌曲。想當然能成為校內明星，讓人無法不為之熱血。

當時正是樂團熱潮，光是校內就有將近二十組原創樂團。大家雖是高中生但拚命地創作歌曲，並將其拿去報名那個主題曲競賽，互拚高下。我自己也以當時跟同學一起組的樂團參加了。那時候的經驗可以說是我進行音樂活動的原點。

回想起來，對我來說那時候是第一次「讓其他人聽我寫的歌」的瞬間。在那之前國中、高中都曾寫旋律玩玩，不過實際上處理成完整歌曲形式的作品，當時是第一次拿給別人聽。要說的誇張一點，這也能說是我歌曲創作生涯開始的瞬間，是個相當重要的轉捩點。

我不知道自己是否有才華。雖然可以寫出曲子，但是覺得好聽的說不定只有我自己。有可能是個糟糕透頂的作品，大家聽了都會笑出來。最一開始的不安就是如此龐大。

當時我不是先拿給自家團員聽，而是偷偷讓跟比賽完全無關的朋友S聽了歌曲。

我想看他的反應。S是大家口中很會看場面的人，總之個性開朗又來者不拒。就算他覺得曲子不好聽，肯定也會笑著帶過。他若用自有的陽光氣息順勢開個玩笑的話，我應該也不會太受打擊。

我不會忘記。放學後，我在教室黑板前面抱著吉他，自彈自唱給他聽。唱完之後，一瞬間，沉默來襲。說到底，就算是為了聽歌，那個S好幾分鐘都不說話的模樣未免太少見了，所以我想著：「哎呀，應該相當糟吧。」感到緊繃。

結果下一個瞬間，S整個人向後仰，大喊了出來。

「水野！超強的啦！超棒的歌耶！根本天才啊！真的超強的！」

他用我覺得近乎吶喊的聲音，大聲地稱讚了我。

我覺得他那天的反應改變了我的人生。

說實在，我覺得自己並沒有那麼厲害的才能。但是他的吶喊，推了我平凡的才能一把，給我足夠在往後的人生中拚命奔跑的自信。我或許可以做到。就算是誤會也好。

如果沒有能夠讓我這麼想的那個瞬間，大概就不會有現在。

將喜好當成工作

該怎麼樣才能將「喜好」當成「工作」生活下去呢？

在廣播節目企劃裡如果募集聽眾問題的話，很常會收到青春期學生的這種提問。大概在他們眼中的我，就是個把「喜好」當成「工作」的人，所以覺得我會知道該怎麼走才得以至此。我確實很喜歡音樂，現在有幸能夠靠音樂維持生計也是事實，所以或許可以分享我至今的經驗。

不過，我覺得這不會是個好讓他們能當作推力的「答案」。因為我認為將「喜好」當成「工作」的人所面對的每一天，不必然都是光鮮亮麗的。

希望大家以「無論如何都想把喜好當成『工作』」為前提，聽我一說。

以獲取建立社會生活所需糧食（＝簡單來說，像是金錢，或是地位）的手段而言，如果你想要用上你的「喜好」——為前提。

「工作」這東西在其性質上，要獲得外界評價方能成立。

麵包能夠熱銷，是因為買的人判斷它值得付錢購買。所以簡單思考一下，光憑我的存在，「工作」是無法成立的，總要有對象存在。不管是什麼，要當成「工作」就必須接受他人的評價才行。

以這個規則來說，要將你的「喜好」當成「工作」究竟是怎麼一回事呢？這就是說，你的「喜好」要被他人不留餘地評價。

可能會有人說：「這又怎樣，正合我意！」但很多人的「喜好」

正是他們的「強項」，至少幾乎都是他們有自信的部分。不論是誰都會對「喜好」傾注熱誠，故也和那個人的身分認同有深切的關聯。

以音樂來說的話，很常會聽到志向是音樂的人說出類似「在做音樂的時候最回歸自我」，或是「音樂就是我的人生」等話語。

我不是要揶揄他們，我以前肯定講過一樣的話。在人生中可以找到能懷抱熱誠投入的東西，坦白說很幸運。但是，這件事和你能不能忍受自己受到評價，是兩回事。

「喜好」和「強項」是無法找藉口的。

沒有辦法丟一句：「因為我不擅長這個，所以沒有盡全力。」就落跑。在自己最擅長的領域裡敗北時的失落感會很沉重。

覺得是自己身分的東西受到嚴酷評價時，人很容易陷入連人格都被否定的感覺裡。要把「喜好」當成工作時，只要那是對你越重要的事物，就會越像把你的存在曝晒在評價之中。

你會把你的人生，晾在世間的評價之下。

這比想像中還要殘酷。而且，不僅如此，這世界上「喜歡」程度非比尋常的佼佼者到處都是。有很多瞬間你會感受到自己的「喜歡」不過是雞毛蒜皮的程度。但是，你不能推拖、不能氣餒。如果你想把它當成「工作」，就必須和那些天才互相爭奪他人的評價。

有很多儘管被問：「你有辦法繼續做下去嗎？」仍舊走上這條路的人。我想要肯定他們的覺悟，因為我也是其中一人。

只有一件好事我寫在最後：不會留下遺憾。

前考生寫給你的信

過了凌晨四點，街上已處於早晨將至的預感中。

黎明前的黑色夜空從地平線處逐漸添上了深藍。

當時一片靜謐，在我曾做過清晨時段打工的東名高速公路海老名服務區。從老家騎腳踏車來，到達員工出入口大概十分鐘。一日將始的寂靜中，騎上稍微有些陡的坡道，吐出來的氣一團白。雖然早上剛起床就要踩著踏板很辛苦，不過十幾歲的時候，有著足夠承受的年輕本錢。

做到這地步的動機是什麼，我現在仍無法確切說明。

沒有可以實現所追求目標的確實證明。說不定花在重考大學的這一年，都會白費。也曾有人跟我說過——放棄不就好了。如此說來，的確沒有可以討論的對象，所以每一天都很孤獨。或許是不成熟的固執使然，當時十八歲的我，很想體會用自己的雙手拉開人生大門的鮮明感覺。拚命踩著踏板，想靠著這股衝勁讓年輕的身軀帶著夢想一同前進。已經是將近二十年前的事了，時光流逝的速度讓人目眩。

我過著有點不一樣的重考生活。

俗稱「假面重考生」的備考方式，是指邊在不同於理想志願的大學上課，邊準備大考的重考生。如果考上了理想的學校，會從本來就讀的大學退學，所以很難跟在學大學的朋友說這件事。這樣的人大多數都看似滿足於現在的大學，卻躲起來讀書，所以才被稱作「假面」吧？我自己是應屆考上東京都內的私立大學，不過無法放棄曾立下的目標，所以決定要重考。

我的第一志願是國立大學，當時，學費和入學費用都很便宜。容我省去詳細說明，但由各種金錢上的計算和家裡關係來看，我的判斷是，比起一般人去上重考班，邊念大學邊以考上為目標這樣的重考方式，在各方面上負擔都比較少。

雖說如此，重考完全是我自己任性妄為，明明別考就好了，我還是對父母放話說考試相關的費用全部由我自己打工負擔。

我在時薪不錯的海老名服務區做清晨時段的打工，下了班去大學上課。上完課前往代代木站，用打工薪水去上可以單付兩堂課費用的重考班。再搭電車回神奈川縣的老家，複習結束就寢，睡二、三個小時後就早上了，再去打工。反覆這個過程。

長大成人之後的自己，會很想要跟當時的我說：你很努力了呢。

不過當時的自己想的是完全相反的事。

為什麼自己沒辦法更付出全力呢？正因為拚命努力所以察覺了。

像小孩子一樣想著：「認真的話我也做得到。」根本是錯覺。就算認真起來自己也做不到什麼事，這個事實扼住咽喉。沒能夠達到自己理想的努力程度，被不中用感吞沒的每一天。

可是，我在當時或許是第一次理解了，並非理想投影，而是原始樣貌的自己。越是明白自己分寸的人，越能夠有所成長。不會對自己過度期待或失望，可以率直地面對該做的事。

「過程比結果更重要。」這句話是那些日子已成過去的人所說的漂亮話。但是考生啊，你們確實身處在能夠了解自己的旅途當中。希望你們能從這趟旅途，為自身的未來，兌現你們自己的漂亮話。這才是真正的勝利——我是這麼想的。

媽媽和英文還有游泳

兒子開始上英語補習班了。雖然說是補習班，但其實是幼兒班，沒什麼大不了，就是透過遊戲和玩耍接觸英文的程度。不過他好像滿樂在其中的。

回到家裡，他會很高興地拿著動物字卡給我看，用稚氣的聲音問我：「英文怎麼說？～」要我回答這個動物英文叫什麼的問答題。在英語補習班裡也是這麼玩的吧。

兒子指著大象。爸爸，這個我會喔。ELEPHANT！接著指長頸鹿。喔，這個有點難，不過交給我吧，是GIRAFFE！滿臉得意的我，在下一個問題愣住了。鹿，ㄌ、ㄌㄨˋ？咦，鹿的英文怎麼說來著。不是啊，兒子，等一下。你會講嗎？慌亂之中，兒子大聲說了句：「NO！」似乎是答錯時老師會有的反應。

我英文不好。與其說是不好，是幾乎不會講。

我好歹也是從文科的四年制大學畢業，自義務教育時代開始算起，學了好一段時間的英文。常聽人說填鴨教育學的英文，在實際對話時派不上用場，很沒意義，聽到耳朵都快長繭了。不過以前的我想說，少瞧不起學習時背誦的重要性，在當考生的時候可是把單字本都翻爛了，拚命將幾千個英文單字塞進腦袋裡。

可是，結果如何呢？本來清楚背到可以馬上寫在紙上的各個英文單字，似乎都違背了本人的意志，全流浪到記憶的邊疆了。

不能讓兒子在父親的失敗上重蹈覆轍。對於年紀還小就背負著水野家雪恥一任的兒子，我只能朝他小小的身影全力揮手加油。但如同開頭所說，幸好他還滿開心的。好像還學了英文的童謠，他會跳著簡單的舞蹈，在家裡一個勁地大聲唱著歌也毫不厭倦。他指著馬鈴薯不是說「波貼托」而是「POTATO」（註3），發音很道地。雖然讓我吃了一驚，不過重新感受到，學習的時候果然沒有能夠勝過開心的原動力呢。

回想起來，我小時候幾乎沒有媽媽強制我「念書」的記憶。我媽是個理性的人，就算兒子我做錯什麼事也不會劈頭就罵，而是會仔細說明哪裡錯了，盡可能讓我自己思考。

不管是升學就業，或是補習學才藝，他們雖然會表達身為父母的

註3　原文以片假名拼出兩種發音，表示孩子不是以日文發音念出POTATO這個單字，而是標準的英文發音。

意見，但原則上還是會問小孩想要怎麼做，然後照著小孩的想法給予助力。

多虧如此，在現在的工作上，我也成了個講究自己思考，以自我意志決定的人。

這點我很感謝媽媽。

不過，媽媽違背自律型教育方針，說「這個一定要學」，堅決要我學的有兩樣：游泳和英文。

游泳是因為不知何時會碰上水難，會游總比不會好，這種極為正當的理由。英文則是因為媽媽認為接下來會是國際化社會，外文能力是必須的。俯瞰全球化席捲的二十一世紀社會，她的預料可說是正確無誤。

但是，賢明母親的願望並未成真。兒子到現在還是不會游泳。身為姓氏裡有「水」這個字家庭的孩子，說怕水還真是諷刺。而英文的話，已經快輸給我們家年幼兒子了。

果然要人督促著做的事無法養成為自己的技能。媽，抱歉啊。

透過這個經驗，我也想要像那天的媽媽一樣，笑著目送兒子開心學習的背影出門。

放眼未來過生活

越來越多年紀比我小的職業棒球選手退休了。

我不是要做什麼精闢的比喻。只是單純到令人難過地為這個純然的事實感到訝異。

「啊，我也已經，年紀不小了啊。」

一九八二年出生。已經快要四十歲了。

「站上甲子園的高中球員，不管什麼時候看都像大哥哥呢。」這樣的胡謅究竟可以持續講到什麼時候呢？我記得到二十幾歲前半我都還是認真這麼認為。

能夠參加甲子園全國大賽的球員大多體格魁梧，經歷過嚴峻練習，所以表情看起來頗鋒利，像個大人。再加上我也曾經是個棒球少年，年幼時的憧憬如同餘韻般留在我心中。看著電視還是會有「是一群很厲害的大哥哥」的感覺。

但是，現在看著大概是自己年齡一半的高中球員，當然不會真的覺得「是大哥哥」。比較常會看著他們獲勝後嬉鬧的樣子想著：「調皮又充滿活力真好啊。」而感到耀眼。抑或是盯著在觀眾席為他們加油的父母想著：「咦？是同代的人？」長到了球員當自己小孩也不奇怪的年齡了。

也就是說，比以前更能夠實際感受到自己年紀增長。一直以來都放眼未來地過活，但不知不覺間經歷了很多的歲月。回頭看，已經綿延著許多過去。

跟我同年代的棒球選手不斷接收到戰力外通告（註4）。在球場上奔跑躍動的英雄們開始無法如意累積戰果，說出一句：「已經盡力了。」接連引退。勝敗明確到有時會讓人感到殘酷的嚴峻世界，體育是用身體拚輸贏。所以說體育選手所面對的「年齡」和我們所面對的似是而非比起來，是更加真切的東西吧。

自己究竟能持續做音樂到什麼時候呢？

最近我很常想這件事。當然無法繼續以音樂人為職業的日子總有一天會到來。可能是源自自己的努力不足，或是跟不上時代變化了，沒有辦法寫出廣受歡迎的作品那個瞬間，什麼時候到來都不奇怪。但是，我不知道是否這就是「終點」。

註4　日本職棒的術語，一般是指在球季即將告一段落時，球團通知該名選手不會在球隊未來的戰力規劃之內。

創作僅被一個人喜愛的作品依然有尊貴的價值。

或是就算沒有人聽也好，追求自己的音樂而不懈，一樣是件很棒的事。重點是重視什麼，要以什麼來做界限，這些都得自己決定。跟體育不同，不會因為勝負而定下「終點」，是另外一種嚴峻的世界呢。

人生是連續不斷的選擇。換句話說如果不做出選擇的話無法前進。「引退」這個抉擇實際並非體育選手的「終點」，而是「選擇」，也是「前進」吧。

自己在音樂界的生涯大概還很長。

可以做出讓自己滿意的選擇嗎？

我還想要，再往前進一點。

社會人士一年級

看著不熟悉的數字煩惱。

二〇二〇年春天，我所屬的生物股長從栽培了我們十五年的所屬公司獨立出來，自己創立了新公司。從高中開始的團體，成軍已超過二十年，團員全都年近四十大關。雖然是件幸福的事，不過成軍當時沒想到會持續這麼久。人生的階段確實變換著。曾經十多歲的我們已經長大成人，往長遠的將來看，與其仰賴大團隊，還是自立門戶，採取更好做事、柔軟度更高的活動方式會比較好吧。我們這麼想著而下了決定。

和關照我們的工作人員表達了獨立的意願後，當然嚇了他們一跳。但是我們仔細地說明意圖後，前公司寬宏大量地表示理解，宣布獨立的時候社長還親自在公告文上留了充滿愛的鼓勵留言。感謝他能夠成為我們的後盾，讓我們迎接了新的開始。

雖說如此，離開了公司接觸到的外圍世界，所有事情幾乎都是初次經手，讓人迷惘。這個時間點上由新冠肺炎捲起的混亂，當然成了強烈的逆風。不過在這之前，一般普通的業務已經很難輕易完成了。

新公司找了新的工作人員，會幫我們分擔各種實際業務很是可靠。不過不能因為可以依賴他們，就像以往一樣都丟給別人做。過去不需要負責的庶務作業或是財務作業，既然是我們自己的公司，必須好好確認相關進展才行。不曾在一般企業就業的自己，光是看到帳簿上一排的數字就很頭大。

儘管如此，已經出道十幾年了，對著作權管理相關的知識多少還是知道，對這個業界的金錢流向應該也有一定程度的理解，但身為企業主的一般常識可說是近乎全無。

到現在還一堆需要學習的事，真是丟臉丟到家。有種好不容易升到社會人士一年級的心情。不過，嶄新經驗也有有趣之處。雖然沒面子，不過只能想成是學習的機會，保持正面積極心態。

雖然有專門負責財務的工作人員，但我對自己的知識不足感到不安，所以買了幾本會計和財務的入門書籍。雖然是臨陣磨槍但總比不讀來得好。

隨便選的幾本書裡，有本相當易讀的，以「非經濟專攻的業界人理解會計概要擴展視野」為著眼點的入門書籍（原編註：入門書籍的書名是《替從事會計以外的人所寫，全日本最簡單、誰都會用的會計書（註5）》，久保憂希也著，Discover口袋書）。這本非常易懂。不是列細碎的專業術語，而是舉了很多具體例子，將重點放在理解可以實際活用的部分。很適合現在的我。我一口氣讀到了最後，但在作者的後記不禁停下了翻頁的手。他簡短敘述了寫這本書的理由。

這位作者的父親曾是個小公司的經營者，但不幸自殺了。

若是自己所學的經營或是會計的知識能夠教爸爸的話，是不是就能有稍微不同的未來呢？已經沒有辦法救回爸爸了，但是可以幫助之後工作的人。這意念使他寫下了這本入門書籍。不假以誇飾，雲淡風輕地描述這點，更是打動了我。

翻閱時覺得是本巧妙易懂的實用書籍，因此對突然出現的戲劇性

註5　原書名為：「経理以外の人のための日本一やさしくて使える会計の本」。

感到訝異。不論哪個領域都有懷抱著自己的使命及堅持，為社會行動的人。

再次學到了這件理所當然的事——外頭的世界很寬廣。

總有一天，再和大家見面

還不能旅行。

受到新冠肺炎疫情蔓延的影響，預計從二〇二〇年春天開跑的全國巡迴，共二十七場演出延期了。本來要持續進行到六月底的這趟巡迴，是生物股長睽違五年的全國性演出，有些地區甚至是睽違十年以演唱會的形式造訪。

途中經歷過以「放牧」為名的活動休止期間，所以對久違可以直接將歌曲傳遞給大家，充滿幹勁。不過為了防範疫情不得已下了這個決定。

好可惜。花了很長時間，從幾個月前開始準備。考慮到對演出延期，預定工作就會泡湯的演唱會相關人員（主辦、舞臺、製作、音響、燈光、樂器技師、樂手，還有其他各類）的影響，這對團隊而言也是個苦澀的決定。

不過，在這個狀況下實在無計可施。身經百戰、至今為止經歷過無數問題的猛者，也就是各個資深製作工作人員也同感迷惘。實際感受到真的發生了無人經歷過的事。

雖說如此，依然不能一味低頭喪氣。

有一天狀況改善時，還是要啟程前往等著我們去開演唱會的各位所在的城市啊。希望那一天可以盡早到來——在心中許下這個願望。現在只能做自己做得到的事。

出道至今，造訪了數不盡的城鎮，在當地開唱。我自己是不愛出門的個性，本來就不是對旅行很積極的人。如果不是因為這份工作，大概沒機會踏遍日本全國各地四十七都道府縣吧。

對音樂人來說，巡迴演出很容易成為可天真感受到自己成長故事的體驗。聽眾人數增加，從舞臺看出去的景色會全然不同，很容易分別。聽到在至今演出無法成功舉辦的遠方地區「門票完售！」的消息，就會對自己的音樂傳遞到那麼遙遠的地方而感到喜悅。

我們一開始連交通預算都沒有，全員和器材一起坐進 HIACE 廂型車旅行。若是前往福岡等較遙遠的城市，要花十四小時左右在交通上。往北海道就混在校外教學團體當中一起搭夜間遊輪，在大房間裡睡通鋪，度過津輕海峽。從一座城市到另外一座城市，光旅途就用掉半天是很普通的事。偶爾碰到兩、三小時抵達目的地，我們還會說：

「今天一下就到了呢。」

然而，從某個時期逐漸轉變了，開始能搭新幹線，最後能搭飛機。最初拿到綠色車廂的票時比起喜悅，更感到緊張。這個蓬鬆柔軟的座椅是怎麼回事！讓我吃了一驚。雖然聽起來有點俗氣，不過在演藝的世界，也會出現一些如夢一般的環境變化。

不過，正因如此，才不能遺忘那些人們的表情。那些在我們尚未出名的時候，到小小的 LIVE HOUSE 看這種從關東來的團體演出，在各個土地上熱情迎接我們的觀眾。

我常在舞臺上講：「絕對會做出更好的歌再回來的。」

因為想要持續實現這個承諾，至今才能繼續跑現場巡迴。暴風雨總會過去，那個城市肯定也會迎來春天。總有一天，再和大家見面。

單獨一人的深切悲痛

「悲痛」這個情感是一個人心中的黑暗，是無聲屏息佇立著的存在。就算有誰溫柔以待，或從外伸出雙手，除了本人以外，沒有任何人能夠觸碰的東西。

那大概是，不可侵犯的東西。

我每天早上搭車的車站附近有個派出所，要走到閘門一定會路過前方。安穩的日常，沒有什麼要找派出所的事。不過總會無意看向入口那塊告示板。那上頭寫著「昨天的交通事故」，記載前一天東京都內發生的交通事故中，死亡人數及負傷人數。

當然，兩欄都寫著零是最好的。只是在交通量繁忙的都心，那是個很難實現的願望吧。下方的負傷人數欄位數字用綠色表示，上方的死亡人數欄位則用紅色。死亡人數的欄位裡寫的數字總令我在意。如果是零就會感到放心。

可是，偶爾會看到「一」或「二」等數字。

昨天，有人因為突如其來的意外離開了這世界。

「現在，有正感悲痛的人啊。」這個在我所不知的地方發生的悲劇讓我心中有些沉痛。我不是要說自己是個心地善良的人，倒不如說正好相反。

通過閘門走上樓梯，搭上進站的列車。只要像這樣和往常一樣繼續行動，就會馬上忘掉剛才看到的告示板，若無其事地回到生活裡。

在城市喧囂中數字就只是數字。在數字背後伴隨的悲劇前，肯定存在著悲傷而泣不成聲的無名人物。但是，他的懊悔和痛苦，是我在告示板前很難仔細想像的。

究竟會有人幫他或她一把嗎？

發生巨大災害，或是發生了有眾多犧牲者的慘劇時，因為職業的關係，很常有人對我說：「請寫首能讓大家鼓起勇氣的歌曲。」

說是希望藉由「音樂的力量」為那些悲痛的人帶來鼓勵。如同陳腔濫調。不，我其實沒有揶揄之意，並不是想要否定這句話。如果寫得出來的話，我想寫。寫出成為某人助力的歌曲，甚至可稱為永遠的命題。

不過，站在派出所的告示板前面，我偶爾會想。

這個數字背後的悲痛究竟會有誰為其聲援、誰為其歌唱呢？

碰到登上社會新聞的巨大悲劇，藝人、名人這類的人會表示心意留下訊息。站在攝影機前面，面帶笑容地揮手，為其歌唱。社會大眾會關注悲劇發生的地方，傳遞溫暖的話語出去。但是，大部分的悲劇，每天都不為人知地發生。

幾乎所有的「悲痛」，都在世界上無人知曉的狀態下發生，無人知曉地結束。

昨天，有個人失去了身邊無可替代的人且獨自面對悲痛，和只有他自己能理解的深切悲痛對峙。想了想，登上新聞版面的巨大悲劇中，那些龐大的數字裡，也有被抹滅的故事存在。那全僅是「單獨一人的深切悲痛」的集聚——這點不可以忘記。

「若能面對每滴淚水，為其帶來安慰。」

以前，我曾寫過這樣的歌詞。祈禱今天在某個地方，離開自己手邊遠行的那些歌曲，也能夠為某個人不為人知的傷痛帶來安慰。

摯友

那是一九八九年的事。

小學教室旁的走廊上，放著一個水箱。

不是像水缽一樣有風情的那種。是四方型的玻璃箱，附帶一個打氣幫浦，延伸出的電線連接在走廊上的插頭上。毫無雅趣也不精美，就只是個水箱。裡面養著幾隻魚。

「小學一年級的時候，我們兩個一起負責餵金魚飼料。」

是黃金時段的人氣音樂節目。沒想到要在我從小時候就在電視上看到的知名主持人面前，用正經八百的表情回答這件事，人生真的是出乎意料。

到底是青鱂、孔雀魚，或是金魚，說實在我記不太清楚了。為什麼跟別人解釋的時候會說是「金魚」呢？

「喂，那真的是金魚嗎？」時至今日才問，為時已晚，且無從確認。主流出道之後，到現在過了十五年左右，在各種採訪時都是這麼回答的。

所以說，已經無法推翻了，那就是「金魚」。萬一有一天，不巧記憶復甦，也要繼續堅持這個說法。

那是份心不甘情不願接下來的工作。

對於剛進到學校這個空間的少年少女來說，能碰黑板的「黑板股長」，或是可以去保健室的「保健股長」，這些職務比較有魅力。我本來也是充滿幹勁地舉手自薦，不過猜拳猜輸了。輸了好多次。輸了又輸，還是輸。抬頭一看還有什麼剩下來的職位，結果黑板上寫著「生物股長」。對六歲的孩子來說，「飼育」這個詞很困難。所以當時的班導為了讓大家易於理解，不是寫「飼育股長」而是「生物股長」。我看了一下旁邊有個跟我一樣猜拳一直輸的人，他叫「山下同學」，是個肌膚透白，文靜的美少年。

「那，就讓水野同學和山下同學當生物股長喔。」

那個瞬間決定了我人生的去向。

會有這麼莫名其妙的事嗎？我自己也不相信。就只是年僅六歲的幼童在教室裡猜拳，後來跟一個稱不上要好的男孩子一起被任命為某個股長，僅此而已。

以前人說：「風一吹，做木桶的就賺錢。」這絕對不是什麼拐彎抹角的比喻。命運就是在那時決定的，乾脆俐落地決定。

你問：決定了什麼？問我幾次，答案都不會變的。

就是，人生。

自己當初可能沒有察覺，但那個瞬間，我們的眼前出現了漫長的道路，並且往非常遙遠的地方延伸。

後來兩人從幼童成了少年，從少年成了青年。兩人長到了明白稱作友情的關係，有多麼虛幻的年紀。途中會有岔路，或是沒了路，再走下去，就算是我們兩個肯定也會分道揚鑣。儘管我們變成親暱到可以互相稱呼名諱的距離，我仍這麼想。

但結果呢？不管怎麼走，怎麼前進，路途都沒有盡頭。故事不斷向後翻頁，長到幾歲，那個「山下同學」始終在我身旁。

「穗尊，你今年要滿幾歲了啊？」

「啊？三十九呀。」

「那明年就要四十了？」

「對啊。」

「真假，你要四十了呀～好恐怖喔～」

「說什麼啊，你也是啊。我們同年耶。」

認識到現在過了三十年以上，自己頭上的白髮開始顯眼了起來。有著美少年外表的「山下同學」成了個下巴留起鬍子、愛喝酒又來無影、去無蹤的人。

途中，很會唱的「吉岡同學（同屆）的妹妹」也加入了我們。兩人走過的羊腸小徑變成三人一同前行後，轉眼間，小路成了寬闊華美的大道。成為音樂團體的「生物股長」開始在沿途上接收到很多人們的聲援。

回憶無窮盡。

多到甚至讓人厭煩。包含可以公開說，和不能公開說的事。

那些能公開說的事，通常都會被周圍的人傳為佳話，經過精美的包裝，當作寶貝。

「我們三個都待在神奈川的相模川畔練習呢。」這麼說之後，電視臺的工作人員就會眼睛為之一亮，回說：「那，我們去三位的原點，聊聊心路歷程吧。」找我們錄外景。

的確很感謝能讓我們宣傳專輯，所以會接下這個工作。不過有好幾個這種企劃，使得我們去了好幾次相模川的河邊。

「水野先生，這裡相模川畔。是三位無可取代的原點。想必你們許久未造訪了吧？應該很懷念吧？最後一次來這裡是什麼時候？」

「上星期。」

聽起來像落語裡的小段子，但真是如此，我也沒辦法。

實際上會用：「這個啊，多久沒來了呢？」帶過去，順著節目企劃努力回話。有一次還把之前為了其他節目來此地時的腳本掉在河邊，發現的化妝師，馬上把它撿起來藏著。

這種時候，我會在回程的車上和「山下同學」像調皮小鬼一樣鬧著大笑說：「真無藥可救～」

對於不過是神奈川鄉下學生的我們，大眾的態度變化得讓人眼花撩亂，當然會感到困惑，也曾覺得惶恐。隨著常被說成功，受到周圍揶揄「變了」的情況也頻繁了起來。

不過內心則是吐著舌頭做鬼臉吐槽：「才沒變啦。」

「這個願望或那個夢想，沒辦法實現嗎？」抱著天真心情如此盤算的少年時期，那種感覺始終留在我們心裡。是的，生物股長的開始就像是青春期少年的鬼主意一般。

而在團名和歌曲廣為人知之後，被冠上「受男女老少喜愛的團體」之名。不知道是被當成品行端正的人還是怎麼樣，完全把我們當資優生對待，還會用一些好聽的話來包裝我們。也這樣被拱上舞臺了，畢竟有這麼多人幫助我們。因此雖然沒有什麼才華，還是覺得該好好努力，盡力擺好架勢。但一回過神，那個會愣住笑說：「是怎樣，事情好像變得很不得了耶？」和少年時期相同視角的我們，一直待在各自心裡。

畢竟我們，用自己的雙腳走著這條幾乎毫無止盡的路途過來，用我們的雙眼看過了所有。

兩個人考大學失利、當重考生的時候，我們都在附近的社區活動中心裡擺的小小長凳上討論「生物股長」的未來。

那時候真的開心到不行呢。

愛跟風到丟人程度的兩人，盡情地暢談妄想和願望，自由且不負責任地聊著夢想。對一無是處的十八歲少年，這是絕不可能實現的夢想。不過，正因如此，很開心。

那就像是，不管怎麼玩都不會膩的玩具。

不可置信吧。竟然幾乎都實現了。

日本武道館的舞臺、橫濱競技場的舞臺，和柚子合作，專輯賣出一百萬張以上。還有其他很多事。我們到底吹了多少牛。

那個時候曾說想上的音樂節目，至今幾乎都上過了。

「Music Station」和「Countdown TV」。也在「NHK紅白歌合戰」出場過，而且連「笑笑又何妨！」都上了。哎呀，這麼說來沒上過的只有「徹子的房間」呢。一次就好，想要三個人一起和徹子女士聊聊天。如果實現的話，各自的雙親也會感到高興吧。不過，只有這個願望沒有實現。很厲害啊。不得了也要有個限度。

我們一股腦地熱中討論著「未來」，只看著未來過活。想要毫不猶豫地，向眼前擴展開來的道路全速奔跑。

不過，同時，我也清楚記得我和「山下同學」討論過關於等在路途盡頭的終點。

當時還沒有和公司簽約，也沒有經紀人這個令人感激的存在跟著我們，真的是只有我們三個人的時候。那時，只有「山下同學」有車，總是由他負責開車，我坐在副駕駛座，然後吉岡坐在後座，到小田急線沿線的車站進行街頭演出。

那次是什麼時候呢？正經八百過頭的吉岡鬧起彆扭，和我們意見不合，小吵了一架。送吉岡回她家之後，在僅有兩人的車上，我和

「山下同學」下定決心。

「那傢伙會因為認真過頭，所以看不到周圍。這個團體，就靠我們兩個支撐吧。讓她挑大粱，只要想著唱歌就好。我們當兩側的輪子，載著她，往前進吧。」

那時候就快跟公司簽約了。和幾個我們為了實現夢想、不得不借助他們力量的人相遇。接下來的我們，似乎真的要闖進一個荒唐無稽的故事當中了。雖然不諳世故的我們無所畏懼，不過說是不需要覺悟，並非如此。

「山下同學」看起來有些豁然開朗，對著副駕駛座的我說。

「嗯，如果覺得沒辦法了，就果斷放棄吧。如果我和良樹都覺得沒辦法了，那時候就該收手了。不要猶豫不決，只要這麼想，就在那時候放棄吧。在那之前只能努力了啊。」

「對啊。」

在那之後經過了漫長時光。不知不覺之中，覺得「那時」似乎不會到來，不過說不定只是錯覺吧。

這幾年，不太和「山下同學」談天了。

夢想大多都實現了，故事前進到了超越少年們想像的地方。以為只有三人走來的路上，和我們一同前行的有參與其中大陣仗的各個工作人員和樂手，還有在全國各地遇見的觀眾。雖然沒到這麼誇張，不過其實已經沒有辦法輕易說出「生物股長」是我們自己的東西了。

我們兩個，也沒有必要再想「鬼主意」了。

超越我們自己的願望走到了遙遠的地方，遇見眾多夥伴。我們雖然身處在非常幸福的狀況下，但總有些寂寞。

「山下同學」他大概也是如此吧。不是嗎？

至少我自己曾想過好幾次，如果能夠回到兩人在車上單獨對話的那時候就好了。

進到了音樂世界裡，認識了很多很棒又討人喜歡的天才，覺得贏不了他們的事多的是，根本不覺得我們能夠繼續走下去。但是仍舊憑藉了內心的壞孩子精神，盡量堅強有韌性地匍匐前進，想存活下來。

不過，在這之中我和吉岡完全陷入了音樂的沼澤，各自覺得想要更投入在音樂上。

從少年們的「鬼主意」，或該說是長久持續的青春故事中，慢慢脫離，已經往夢想故事前方踏出了好幾步。

但那似乎，和至今三人一起走過來的是不同道路。

「如果覺得沒辦法了，就果斷放棄吧。」

在現在的我們之間，產生了和各自人生前進方式的本質有關的距離，這或許是可以用「沒辦法」一詞表示的大事。啊，我開始覺得，要分道揚鑣了。

然而，他果然也是同樣想法。

不，我知道他肯定也是這麼想的。

因為我們一直待在一起啊。

「想看看不同的世界。」

大概，他用的是更好懂一點的說法。不過講出這種話的「山下同學」，表情出奇認真。我想，要強行讓對方朝著同樣方向前進，恐怕也不會感到幸福。

不過，要接受那句話，花了很多時間。

當時，吉岡和我沉默不語。明明打從一開始已經在內心決定要接受，可是一旦接受就真的要結束了，所以需要一些勇氣。不知道「山下同學」是不是無法忍受這段尷尬的沉默，稍微勾起了嘴角，然後把這想法的來龍去脈，像是要填滿和我們兩個之間的距離一樣娓娓道來。這傢伙果然是個溫柔的人啊。

我站在六歲時出現在眼前那條道路的盡頭。

如夢一般，走到了遠方。真的很遙遠。

至今我用過很多稱呼叫過「山下同學」。

「Hocchi」、「山下先生」、「穗尊」、「山下」。

啊，怎麼稱呼都無所謂。我們總是互相理解，抓出最適合對方的距離感，順遂地走了過來。

那是我們之間的連繫。

會覺得，其他人休想知道這些。

「水野先生和山下先生。兩位從小就待在一塊，對你們來說，對方是怎麼樣的存在呢？」不僅在採訪中問到會覺得害臊，還有算是認真地這麼覺得，所以我一直以來都堅決說是「團員」。

「畢竟，不是朋友。」我皺起眉頭這麼說的話，當場都會引來笑聲，以為是玩笑，我就這樣蒙混過去了。

現在，我們站在要對彼此揮手告別的地方。

足夠和對方坦白了吧。

我想，我們曾經是摯友啊。

二〇二一年六月二日

想寫出和櫻花一樣的歌曲

今年的春天也來了。

如果可以，想寫出和櫻花一樣的歌曲。是的，我一直這麼想著。

東北發生震災的那年春天，我家附近的櫻花依然綻放。要說理所當然，的確理所當然。但那年春天讓我知道理所當然有多麼尊貴，是一個特別的春天。

有人失去了重要的存在。有人失去了家、生活，還有連帶著櫻花樹的整個故鄉。有人失去了本來應該持續保有可愛樣貌的日常。

真是慚愧。身為個寫歌的人，卻不知道該寫下怎麼樣的歌才好。

不管是嘆息、憤怒或是激勵，脫口而出的所有話語都很空泛，在壓倒性的現實前失去了重量，顯得突兀。突兀的話語，像是表達著至今的一切舉止都是虛假的，讓那個姿態變了樣貌。

「明天」一詞失去它過往曾有的快活，底部蒙上了陰影。「希望」一詞則失去曾經的躍動感，不僅如此，甚至還在表面上顯露出讓人懷疑的薄弱。

不管說些什麼，我都不覺得能傳遞到現在想安慰的人們心中。

就像歷經悲劇，世界改變了一樣。我什麼都做不到。

可是，在垂頭喪氣的我眼前，櫻花綻放。

如常綻放。

那景象，無與倫比的美麗。

櫻花沒有想要激勵誰的心情。

也不會爭哪棵開得比較漂亮，不會責怪誰的過錯。就算碰上悲劇，仍一成不變、一語不發，櫻花僅隨著從遙遠過去延續至今的季節更迭，綻放著。僅存在於此卻極其溫柔。我看到那樣的姿態，才明白。

「帶給眾多人活力的歌曲。」

被要求寫出這樣的歌曲，我們也是懷抱著同樣的心願寫歌。

但這其實不簡單。

化為言語很困難。不傷到任何人的言語並不存在。那句話是不是踏出了不能跨越的那條線，是不是掀起誰不可碰觸的傷疤。就算是甜蜜溫暖的愛之歌，對於疏遠於愛的人來說，有時候會像是比刀刃更深刻刺在心上的凶器。祈求幸福的歌曲裡清澈的光芒，對於無法獲得幸福而煞費苦心的人來說，可能會是比怎樣的風雪都更惡劣的暴力。

常常有人揶揄我：「老是寫一些不毒也不能當藥、人畜無害的歌。」

若得回應這句話，不帶諷刺而是以事實而論，要寫出一首不傷到任何人的無害歌曲，本該是一件困難至極的事。

能夠毫無疑問也不感糾結地相信，外表圓滑柔和、琅琅上口的流行歌曲是「人畜無害」，未免太過於沉浸在幻想和樂觀之中了。我還沒有達到「人畜無害」的歌曲之境。

現在，在深刻悲傷中掙扎的人們，若聽到這首歌會有什麼感想？我總是慚愧地徘徊在這個問題上。儘管如此仍有所覺悟，背負著每個當下得到的答案，用祈求般的心情寫歌。

所以我這麼想。總有一天，是否能寫下如同櫻花一般，僅是泰然佇立，就能撫慰諸多人心的歌。

不論是喜悅或悲傷，不論是開始或結束。
相遇或離別，未來或過去。
也不論是希望，抑或是絕望。
人們真的將諸多事物和櫻花的形象重疊。
櫻花無所作為，一語不發。
春天來臨，而綻放，然後凋零。
僅僅如此而已。它所展露的純粹承受了諸多的心境。
那個人已經不在了。看到美麗綻放的櫻花時，會發覺到去年為止都在身旁的溫度，已經不在了。同時，也回想起和那個聲音、那個笑容一同度過的日子。寂寞、懊悔、懷念和憐愛，全都湧現出來。
儘管如此，明天仍舊要活下去。
在永不止息的殘酷時間洪流裡，得繼續邁步前進。

下定決心，尋找希望。那個人會再次，抬起頭來。
在那裡，櫻花綻放著。
歌曲，何嘗不能如此。
只是存在著，面對某個人的內心。
我想寫出那樣的歌曲。

外婆的記事本

收到住在靜岡縣濱松市的舅舅寄來的橘子。

我們家有個讀幼稚園的兒子，他說想讓那孩子吃吃看靜岡產的美味橘子，所以寄過來。

我是在濱松出生的。

我在神奈川縣海老名市長大，個人資料上的「出身於神奈川縣」並無虛假。不過我媽生我的時候，回了濱松的老家。我小時候，盂蘭盆節時期也很常會利用暑假，全家一起回去濱松。

從小時候舅舅就很疼我，外婆過世之後更甚。他說：「要是阿嬤還活著的話，「一定會叫我要照顧良樹。」他彷彿繼承了同樣疼我的外婆的意志，總是為我擔心。我望著橘子，想到好久沒有去幫外婆掃墓了，稍微反省了一下。

外婆在我十四歲的時候過世。

當時，我在他的孫輩裡最年幼，不用說，是個黏阿嬤的孩子。我現在仍清楚記得外婆陽光、有精神的聲音。她很愛聊天、善於交際、會照顧人，是個溫柔又開朗的人。我沒有見到她最後一面。可能是因為如此，即使已經過了二十年以上，不可思議地，我仍沒有她已離世的感覺。我覺得外婆還在哪裡活著，覺得她就在身邊看著我。

隨著癌症病程進展，末期時她連記憶和認知功能都產生問題，無法好好對話。但是最後取得了外出許可，回到和先走一步的外公長年居住的自家裡。不知道是不是在熟悉的家中安下心來，晚上睡了之後，就這樣安靜地離開了。

當時我阿姨陪在她床邊睡。早上起來往旁邊一看，看到她臉上祥和的表情。回到了自己家，旁邊有女兒陪著，安靜地如同睡著般離開，這是個多麼有外婆風格的走法啊。更重要的是，這是對被留下的人們很溫柔的走法。

明明很黏阿嬤的我，卻一滴眼淚也沒有流。

留在孫子心中的，只有爽朗笑容和笑聲的記憶。長大成人的現在再回去思考，我覺得外婆像是刻意選了讓孫子不會感到悲傷的走法，讓我再次對她感到尊敬。如果可以的話，我也想要選擇像外婆那樣的走法。

寫了歌、變有名，開始受邀上電視或廣播。孫子的這個樣貌，外婆並未看過。不過，只要親戚齊聚一堂，他們總會開玩笑起鬨說：

「阿嬤如果還活著，一定會跟全濱松認識的人宣傳良樹呢。」有關外婆的回憶，總是伴隨著外婆所愛的人。外婆的人生故事，在她過世後的現在，仍舊靜謐地存在留下來的人心中。

媽媽之前找到外婆的記事本時曾拿給我看。

昭和五十七年——有我出生當時的紀錄——擔心著女兒的身體，她過了預產期，卻遲遲未開始陣痛。沒有像是電影臺詞一樣的感動語句。不過，不假修飾、樸素的文字，反倒讓我想起外婆安詳的笑容而落下眼淚。我感受到自己也生在溫暖的故事之中。這個故事從外婆傳給母親，再從母親傳給自己，接著由我傳給兒子。

夏天去了又來，時光不停流逝。

只有思念，一直存在。

爸爸想拍的東西

我覺得拍出來的是故事。

爸爸年輕的時候，好像有段時期學過攝影。成為社會人士、結了婚，兒子我出生之後，相機依然是爸爸唯一的興趣。也因此留下了大量我孩提時代的照片，十幾本相簿的分量。我是爸爸最適合的拍攝對象。

曾經在進行攝影工作的時候，剛好閒聊到幼少時期的話題，我拿我爸拍的照片給專業的攝影師看。我沒有說我爸很喜歡攝影，但攝影師看了瞪大眼睛稱讚說：「咦，這是你父親拍的嗎？構圖和焦距都抓得很好耶。很會拍呢。」我跟爸爸說了之後，他害羞地高興著。

隨著進入青春期，我的自我意識覺醒，變得很討厭老是得面對相機。甚至很有叛逆期的樣子，拒絕著說：「不要老是拍照啦。」實際上的確留下了幾張我在開學典禮或畢業典禮的會場，臭臉瞪著相機跩到不行的照片。

時光荏苒，我也為人父了，現在換成我是拍照的人。雖然我不像爸爸技術那麼好，幸運的是世界變得便利了，用手機也可以拍出驚人的畫質。數年前購入的數位單眼相機，附有很多只要不搞錯設定、就算是外行也可以拍出相當水準的輔助機能。所以我幾乎每天都拍著兒子的照片，可能比當初爸爸拍得還熱中。

說來有些不好意思，兒子跟小時候的我長得很像。

把我一歲的照片和兒子一歲的照片放在一起，看起來像同一個模子刻出來的。只有照片的質感會顯現出年代感，撇除這點，幾乎無法分辨。而且長到二歲、三歲都還是同個樣子，很有趣。我兒子本人還會指著他父親遙遠過去的照片說：「啊！是我！」使我發笑。

「這是小時候的爸爸喔。是神奈川的爺爺拍的照片。」我跟兒子這麼說的時候，有種自己置身在無比漫長故事當中的感覺。不知道他理解了多少，不過兒子邊說著：「喔～」邊笑了。

哎呀，爸爸是想拍這個表情啊——我如此想著。

翻開相簿，過去就存在其中。那僅是連綿持續的漫長日子裡其中一景。一張照片所刻劃的就只有「某個瞬間」而已。

但是，時間會在當中堆疊累積。

父親所拍的照片裡，有那些已經離開人世、再也見不到面的親人的笑容。站在他們的未來前方的兒子，在我身旁看著照片露出笑容。

我用鏡頭對著那個天真無邪的笑容，想要拍下現在這個瞬間。

家族的日常，或許就是這樣靜靜串連下去的。

我也花了時間才能多少明白，當時爸爸將鏡頭對著我拍的心情。

總有一天，兒子也會看著今天的照片有所感吧。那個時候他可能是孤身一人，也可能有他所愛的人伴在身旁。這些是現在無法知曉的。

不過，到時候肯定也會有很多回憶出現在照片裡。我想要好好地把能讓兒子勾起微笑的故事，交付給他。

從版稅明細裡明白「愛」

我覺得歌曲「有人喜愛」才有價值。

每年有幾次，管理歌曲的音樂商會寄「著作權使用費分配明細表」過來。雖然是個冗長艱澀的名稱，簡而言之就是版稅明細表。作詞作曲可以收版稅，很常有人挖苦說：「夢想般的版稅生活呢。」對我們來說這不是夢想或什麼的，而是維持自己和家人生活的重要收入來源，是要抱著一定緊張感面對的現實。

和上班族看薪資明細的感覺一樣嗎？確實，版稅不同於薪資，不是固定金額，所以有時候會是看了發出「喔喔」聲音的亮眼金額，也有時候轉入金額寫著「一百三十二圓」，反倒讓人擔心對方負擔的匯款手續費可能還比較多。

剛出道的時候曾因為收到版稅而歡欣鼓舞。

在分配的方式上，版稅會比歌曲發表再晚幾個月才入帳。隨情況不同，也會發生要花一年左右才會入帳的狀況。大學畢業，同時發行專輯出道上京。但是，春天發行的出道歌曲的版稅，匯來時已經快到秋天了。

有幸上了有名的電視音樂節目。歌曲雖然透過廣播或是有線電視，在大街小巷不停地播放，但生活卻是岌岌可危。幸好在工作現場能夠領到便當，所以不至於餓肚子。不過第一次自己生活，成了社會人士，有很多必須繳納的費用，口袋深度不夠。當時所屬的公司給了我們能過最低限度生活的薪水，即使如此還是勉勉強強。

銀行帳戶裡面只有兩千圓，距離下個發薪日還有二週。不知道該怎麼辦，想著要把最後那點錢領出來，我走向銀行提款機，插入提款卡、輸入密碼，帳戶餘額的位數增加了。是第一次收到版稅。還記得我由於太過驚訝，在提款機前肩頭震了一下。與其說是高興，當初是「得救了」的心情更勝一籌。

幸運的是，當初寫出了幾首被稱作熱門歌曲的歌，確實，如夢一般的數字在明細表登場的次數也增加了。不過，數字就只是數字，光看著竊笑感覺很沒格調。

說到底，也有對於這種事不可能一直持續下去的自戒想法。後來我都會留心，對於金額不要懷抱特殊情感。

可是，出道過了十年，想法稍微有了改變。

版稅明細表上所印的數字，有著解讀這首歌曲在社會上如何「被喜愛」的提示。明細表上分了很多細項，仔細觀察，就能知道這首歌曲如何被使用。

發行當時專輯銷路不好、絕對稱不上熱門的作品，現在在卡拉OK頻繁點播、收錄在鋼琴教材樂曲集中、用作結婚典禮會場的背景音樂、選為音樂盒的旋律，厲害地在社會上扎根。

與其只有人聽個幾週，當成流行產物創造利益，不如被聽眾主動選擇，成為貼近他們日常、長久受喜愛的歌曲，對歌曲的生涯來說才是幸福的道路。

讓我收到第一份版稅的出道歌曲〈SAKURA〉，其實到現在，發行過了十幾年，每期結算入帳的版稅金額，都和當初沒差多少。

特別是春天時，人們會在眾多場所收聽（或是演唱）這首歌，都能從明細表的數字上看出來。

世上無數的春季名曲當中，「你也頗受到大家喜愛嘛。」這會讓我感到有些驕傲。

希望這首歌曲，可以一直走在幸福的道路上。作曲者我像是看著自家孩子的背影一樣，總這麼想著。

今天也喝著咖啡

我總是喝著咖啡，一點也不覺得膩。

我喜歡稱作喫茶店或咖啡廳（註6）的地方。雖然最近為了防疫所以不方便去，不過以前去到讓人吃驚的地步。

頻率多高呢？我有點害怕坦白，感覺會讓讀者大家感到驚恐。我老實說，頻繁的時候一天會去七、八間。不要怕，先等一下，請大家一定要讀到最後。我現在開始詳細說明。

註6　在日本，其實兩者皆為咖啡廳，只是風格、型態或菜單等不一樣。

我不會在同一間店待上好幾小時。最長不到一小時吧，一下子就會換店家了。我喜歡用換地方轉換心境。即使是都心，也不會同個地方有幾十間咖啡廳，所以也會有一天去兩次的店家。起初店員還會問：「咦？水野先生，你早上來過吧？」最近應該司空見慣了，不論去幾次，店員都不會驚訝。

而且點數集太多了，其實多到可以免費兌換幾十杯的咖啡。不過這麼常來，用點數消費會覺得很過意不去，所以我幾乎都不用。是個不斷貢獻店家營業額的優良常客。

這麼頻繁地去咖啡廳，究竟都做些什麼呢？

其實不是什麼大事。我會進行像這個連載的原稿執筆，或是一些庶務工作。會一天跑七、八間的話，是進行像偶爾接到的長篇原稿工作，或是思考團體活動的企劃。想法停滯的時候，會離開店裡到街上走走，進到下間店。換環境後，心情自然會重整，能夠再繼續思索。從早到晚持續這個過程，就只是這樣。不過，我覺得滿奢侈的。

雖然不同店家，價格不同，但咖啡一杯就要幾百圓。去個幾次，金額可不得了。一週這樣反覆幾次，只能說是奢侈，被罵浪費也不奇怪，我有所自覺。但是，只有跑咖啡廳這件事，我會縱容自己。

在以前當考生的時代，我會用打工費付補習班學費，所以並沒有錢。那時候，補習班學生裡有群說「我都在咖啡廳念書」的優雅人們，讓我欣羨不已。

雖然想著：「光是家裡願意讓我參加考試，就已經是很幸福的環境了。不能太奢侈。」不過覺得不甘心的結果就是當時有了「總有一天我要賺到可以每天去咖啡廳的錢」這個夢想。

後來，我現在忠實地實踐著這個夢想。

出道之後有了名氣，賺過相當高的金額。

我沒有想要標榜品行端正之意，現在回頭看也做過一些奢侈的事。不過，到頭來，支撐著我心態的不是奢華事物，而是像「每天都可以不介意荷包去咖啡廳」，這種讓日常變豐富的花錢方式。想想，這樣的豐富非常尊貴，而且實現起來相當困難。更不用說在日常大幅變化的現在更是如此。

能夠讓我感受到幸福和豐足的，或許就是像咖啡若無其事地存在著這種事。

實是短暫，時間的信

【二〇一九年　春】

從不久前的過去，想著大家所身處的未來，寫下這篇原稿。

雖然是有些不可思議的起頭，不過其實沒有什麼特別的。從書寫原稿到文章實際問世當然會有「不久」的時間差。所以想表達，這篇文章實際上是有些時間之前寫的文章喔——僅此而已。

就算各自所處的時間不同，但不論是書籍雜誌、新聞或網頁，這些文字媒體在書寫文章和公開之間都會有時間差，並不限於這篇文章。但是，這篇文章有兩個特點。

一個是因為連載剛開始，基於業務理由，必須要比平常還早一些準備好原稿，所以時間差會變得比較長。

還有另一點。

在這個時間差當中「年號將改變」這點。是的，正在閱讀這篇原稿的大家已經知道的事，我尚未知曉。若是能從未來告訴我的話，我想問問大家。

「新的年號，是什麼呢？」

當然，這是件再滑稽不過的事。時間一到，全日本所有人都會知道的新年號。現在，正在閱讀文章的你也知道吧。明明讀者知道答案，筆者卻身處未知。說好聽一點，這篇文章是穿越時空的信。

若順利的話，應該會是官房長官菅義偉在記者會上公布新年號吧。說到公布新年號，我想起當時的官房長小淵惠三官舉起寫著平成的畫框那場景。不過那個畫面可能也要被改寫了。

不知道到時候菅先生會是怎麼樣的表情。不過那個場景在讀者閱讀這篇原稿的時候，應該已在電視新聞上反覆播放了。

說到「公布新年號」會想起的畫面，說不定會從小淵先生祥和的笑容，變成菅先生抿緊嘴唇、帶有緊張感的表情。

雖然很煩，但再次重申，身處過去的我還沒看過那場景。可能各位讀者現在會邊讀著這篇文章，邊得意洋洋地說：「說來令人意外，那個菅先生露出了笑容喔！」這只是我的想像而已。

迎接新時代來臨時，街上的氛圍會是如何？如果可以的話，希望能帶來一點讓人感受到希望的氣息。我所身處的過去，和讀者大家所在的未來，沒有很長的時間差，短短幾個月而已。在這短暫的時光當中說不定什麼都不會改變。不過，平成這個時代發生了很多不必幾個月、僅僅一天就讓世界改變的事。

我上小學的時候，年號更迭成了平成，稱作青春時代的日子全都是平成。同時代的人看過好幾個改變世界的「一天」。回想起來，大多數的「一天」都是悲劇。然而，我也已經明白，經歷這些悲劇，時間之流也絕不會停下。有好多常識改變了，也有好多常識不變。有些人為此感到不滿，有些人從中找到希望。

不論是哪一種明天都是未知，未知的明天必定會到來。

不得不面對尚未謀面的嶄新時代。

最後我想和未來的自己說：你不要忘記，現在這當下對新時代感到期待和焦躁，懷抱希望和不安的這份心情。

【二〇一九年七月二十二日】

……就這樣，和讀者的大家一樣讀到這裡，我「現在」也身處在過去未能知曉其名的「未來」——令和。

筆者終於追上了讀者。對於數個月前的文章，感覺像過了很久，使我稍感訝異。年號改變對人類認知的衝擊還真不必多言……說這些話，會覺得好像故意講些複雜的事，讓人害臊。不過小淵先生的影像，感覺已經有了「以前」的印象。在記憶抽屜裡收藏的地方，被換到比較深處的感覺。

在年號發表記者會上的菅官房長官，確實沒有能用「滿面春風」來形容的笑容。但是，看起來也和平常記者會上，把嘴脣抿成一字形那種嚴肅的表情有所不同。

也沒想過 Eric Clapton 的名曲會莫名（還是裝個傻好了）在世間廣為播放。

而讓人感受到希望的氣息，又是如何呢？

什麼「改變了」、「將改變」，這個「心境魔法」，我覺得稍微在世界上擴散了開來。不過，那是幻象。因為是幻象，所以只留下了「哎呀，是有這麼回事呢」的餘韻。那場記者會的光景十分有可能成為帶出失望心情的記憶。只是正因為是幻象，可以更自由豐富地擴展，最終可能成為在現實之中真的「想改變」的人背後的推力。

要讓風向變成順風，或是逆風。

這一切，都取決於個人的行動，對吧。那麼，該如何前進呢？

【二〇二〇年七月二十三日】

本來，明天應該是東京奧運的開幕式。

過去的自己曾用過「短短幾個月」這個詞表現。不過二〇二〇年剛開始的時候，能夠想像這數個月之間所發生的事的人，應該幾乎不存在吧。我收到《日刊體育》的邀約，在二〇二〇年元旦的報紙一整面，寫下了這樣的詩。容我在此引用。

〈這是你的故事〉

二〇二〇年，東京

「時代即將改變」
聽到遠方傳來的聲音
你停下了腳步
帶著困窘的表情，無力地笑著，然後搖頭

不會改變的，不，無法改變的

光鮮耀眼的競技場
眩目感之中，奔跑、跳躍、舞蹈，那些背影
狂熱和失望，捲成漩渦
你看著那場面，會怎麼想呢

五十六年前的東京
曾有人說過：「時代即將改變。」
站在我們因戰爭而化為焦土的城市之前
喪失的性命留下的氣息，近在咫尺
有人夢著不會實現的夢想

物質富裕，變得豐饒，自由地飛越空中、跨越陸地
縱身在這些感覺只像是白日夢的生活之中
有人夢著不會實現的夢想

終於
有些夢想實現了
有些夢想沒有實現
一切都成了過去，已經是，很久以前的事了

你　現在，在這裡
二〇二〇年，東京

如今，現在成了現實

抬起頭

競技場，仍閃耀發光著

可以聽見喝采

夢想和希望，全部都是華而不實的

競技場外頭，有數不盡的敗北者

有些聲音，在祭典的喧囂中抹滅

今天也有人流著淚，

今天也有人受責罵

這個世界上，堆積著懊悔、憤怒、死心

但是你不得不面對這樣的現實　活下去

風正吹拂著
與五十六年前不同的風，正在這裡吹拂著

人啊，雖不強韌，卻也不軟弱
在過往的風中
也有人在可稱作絕望的現實裡
試圖孕育出
夢想、希望這些美麗的事物
一切都不順遂
但是，不管被現實擊倒多少次
都有人串起這些美麗的事物
也正因此，人們，迎來了今天

將延續過來的所有都稱為「時代」
而你，和我，都站在它的前方
輪到我們了
總有一天，也會有人回想起今天吧

二〇二〇年，東京

從聖火臺上燃燒的火焰中，你會感受到什麼
從躍動的選手背影中，你會感受到什麼
從高喊、揮手的觀眾身影裡，你會感受到什麼
在包覆這一切的風中　你會想些什麼
你會找到希望嗎　能繼續接棒下去嗎

或者是

這是你的故事
我希望你捫心自問
你也站在
起點之前

在各個時間點寫下的字句，以仍未知曉未來、純潔無垢的狀態留了下來。如此殘酷。

在寫給《日刊體育》的散文詩中，我用了「這是你的故事」這句話。儘管大故事和自我意志有所差異，但好像用一句「時代即將改變」就能夠述說這個世界。

是為政者，還是知名人物，抑或是無名民眾，時代總是由這些人改變的。大家都太過習慣當個旁觀者，會吶喊著：「時代即將改變。」但很少開口說：「我『要』改變時代。」

但選手就是你自己呀！你就是當事者。

（當然我自己也是其中的一個「你」，我也對自己這麼說。）

是篇懷抱著這樣意念所寫下的文章，但世間是毫不留情的。用無從想像的戲劇性手法，對大家提出質問。

現在是無論誰都必須成為「當事者」的狀況。

不論是誰，明天都可能感染新冠肺炎；不論是誰，明天都可能失去工作。每個人都抱有大大小小、程度不同的困難，強迫變成「當事者」。

迫不得已，必須面對「自己的故事」。沒有辦法賴在大故事裡了。或許時代「已然改變」。

被大故事拋開了。這會是個「契機」嗎？

時光流逝，由於新冠肺炎疫情擴大而發布緊急事態宣言（註7）當中。在這前所未有的艱苦狀況下，二〇二一年夏天，舉辦了東京奧運和帕拉林匹克運動會。

我收到共同通訊社邀稿，書寫奧運開幕式及閉幕式隔天要發表的文章，於是在電視上收看了兩場典禮（邀稿時本來預定要到現場觀禮，但因為改成無觀眾舉辦，所以未能如願）寫下雜感。

在此做部分修正並轉錄，為本篇〈實是短暫，時間的信〉作結。

註7 日本在新冠疫情下發布的國家緊急狀態宣言，頒布了多項因應疫情的特殊政策。

【二〇二一年七月二十三日】

為開幕式所寫

聖火在東京點燃。

米希亞演唱的〈君之代（註8）〉席捲全場。舉辦前夕的混亂，不知道音樂製作團隊經歷多少艱辛。森山未來的舞蹈、〈木遣之歌〉的律動、市川海老藏和上原弘美的對峙，全都精采無比。

或許是不得已受到各式限制，很難將比重都放在會場表演上，所以很多影像上的呈現。不過，穿插的影像也受過洗練。可以感受到影像製作團隊的手腕和堅持。

註8　日本國歌。

選手入場時使用了電動遊戲音樂。看了一下社群網站，製作遊戲音樂的音樂人都表達感慨。說遊戲音樂曾有文化地位不被認同的時代。就算受到世間輕視，仍然有人真心誠意地努力製作。那份努力讓動漫和遊戲這些文化傳到全世界。

就心情而言，苦澀的是選手。本來該是主角的他們，現在光是想請求大家的聲援都會感到猶豫。看到入場選手的笑容也讓我高興了起來。長嶋茂雄傳遞聖火的姿態感動了我。長嶋先生究竟有多長的期間，都承受著眾多人們的夢想呢。

當然，光憑有頭有臉的人並無法讓大會成功。

在接二連三的困難當中，只能著手眼前實務的、「現場」為數眾多的相關人員，究竟度過了多麼嚴峻的日子呢？對於面對要讓開幕式演出成功這個難題的他們，我只有尊敬。

典禮上也看到了醫事人員的身影。說來，大會舉辦的先決條件，就是有人們盡力維持這個社會運作。沒有他們的存在，無法守住大家的日常。

最後在聖火臺點燃火焰的是職業網球選手大坂直美。

像大坂選手這樣的「個人」在開幕式中挑大梁，「象徵」了一切。是的，象徵所有……

至此將開幕式上所見到的事物寫了好一大段，覺得有些傷感，是為什麼呢？

「和平」、「平等」、「多樣性及和諧」。

「克服新冠肺炎疫情」、「震災後的復興」。

在奧運上標榜的幾個「大故事」。

我不是想要揶揄，表達希望的確有意義。不過，有個重點：「大故事」由無數人的「小故事」支撐著。輕視「小故事」的狀態下，無法培養「大故事」。

申辦成功以來的八年，選手、創作者、市井小民……每個人拚命生活的「小故事」再加上疫情影響，都背負了很多。

我從這次的開幕式感受到了「現場」人們的力量。整場看不太出一貫的總體感。另一方面，感受到了每一個人在過於艱困的條件下，還是至少要讓自己那部分成功的堅持。

那個光景就像，為數眾多的個人，竭盡全力表現著敘述得雜亂無章的「大故事」概要。看起來像是優秀而拚命的個人，支撐著走向失敗的「大故事」那除了巨大沒別的用處的軀體。比起「大故事」展現出的夢想，「小故事」所耗費的苦心更吸引我注目。

這是八年前所期盼的景色嗎？

【二〇二一年八月八日】

為閉幕式所寫

聖火靜靜地熄滅了。

「體育有感動人心的力量。」

或許有人會覺得這老生常談的句子很敗興。不過，透過體育能窺見的人類模樣，確實做為娛樂具有讓人感動的魅力。這次的大會也讓我有此感。

連能否舉辦都令人擔憂的東京奧運。新冠肺炎的疫情擴大，至今仍持續處在危急狀況。再加上大會舉辦單位接連不斷的問題。奧運不管是哪次大會，都常會受到各方論點爭論是非。

但是，我想應該沒有哪次大會比這次讓觀眾更有「我想要為選手加油啊，可是……」的複雜心情。

處在困難立場上的是選手。隨著大會延期，他們被迫更動以年為單位調整的行程。在這當中要維持表現水準，好不容易迎來大會舉行，卻不知道是否能得到聲援。不只是無觀眾的比賽環境，大會所覆上的是多麼沉重嚴苛的氛圍，選手應該比誰都還有親身體會。

不過，在這樣的逆境之中，選手還是成功地感動了眾多人們。不如說這次大會前經過的嚴酷路途，更彰顯了在困難狀況下頂尖運動員仍持續提升自己的不屈不撓，撼動了人心。

也有敗北的選手說著：「想要獲勝，對協助大會運作的志工和相關人員報恩。」留下眼淚的場面。不同選手異口同聲訴說了對在這個情況下還能出賽的感謝，比賽結束時的笑容和淚水，都能夠充分表現出他們一路走來的豐富故事。當名為個人人生的尊貴故事展現於此時，那份龐大魅力是虛構故事很難以抗衡的。
就算是對這次大會負面想法強烈的人們，看過競技後大多也至少會對各選手抱持著肯定的想法吧。不過，正因為選手個人的故事很感動人心，才會有反倒顯得突兀的東西。
我看了閉幕式。
和開幕式一樣，我認為很難看到統一性的願景。能夠瞥見參與製作的工作人員的苦惱。回顧大會上選手激戰的影像最讓人深刻這點，很諷刺。不管是選手、現場的大會相關人員，甚至是參與典禮的相關人員，這場大會鼓舞人心的總是個人的奮鬥和努力。
但是，申辦成功以來的八年。真的曾付出敬意看待這些讓我們感動的無數「個人故事」嗎？
曾付出敬意對待參與開幕式、閉幕式的創作者、演出者，讓他們能充分活用他們的能力嗎？被當作「多樣性及和諧」、「戰勝新冠肺炎」這些主軸象徵的人們，不是就只被挑出來而已嗎？沒有把選手帶來的感動，直接當成填補大會願景的空白而使用嗎？

無法活用優秀的個人才能，還只是要「利用」他們的傾力奮鬥，那我覺得這次的大會帶給我們未來的不是「夢想」而是「教訓」。

被狗撫慰

撫摸狗的時候，我也同時，被狗撫慰著。

嗯，我不是說什麼哲學性的內容，而是說，撫摸著可愛狗狗的時候，比什麼都讓人感到療癒呢。僅此而已。

被截稿日追著跑，直到深夜都還進行作業的每一天。將工作收尾回到家裡那個所有人都已就寢、空無一人的客廳時，狗會仰躺露出肚子在我面前彷彿說著：「嘿，摸摸我吧。」

我會低喃著像是藉口般的「真拿你沒辦法啊」，伸手摸摸牠，牠會露出感覺舒適的表情。最後閉上眼睛像是睏了一樣，更令人憐愛。

就心情而言，不知道該說誰才是被撫慰的一方。

或許就好在我們之間不需要言語吧。也沒有煩人的理論或精心計算的利害關係。不對，以狗的角度來說，牠可能是因為看到主人背後重要的利，也就是飼料或是帶牠散步，所以才來取悅飼主的吧。

不過，想是這麼想，牠卻總在我唉聲嘆氣的時候，比平常靠近我、露出像撒嬌的表情。我會擅自解釋成牠懂我的心情。先不管這件事正確與否，讓人感受到雙方有精神上連繫的瞬間，很安穩平靜。

人類社會很複雜。不論是誰都有姓名，有時會有稱謂，有時會有角色分配。

就算有人說「你做你自己就好」，在多數的場合下，都沒有辦法照字面做。相處上各自都有對自己方便、所期待的分寸，不失分寸是個不成文的規矩。

當然不可以犯法，不能侵害倫理，但要允許所有事情、肯定其存在，對於只能生活在社會框架中的人類而言，會考驗到深刻的愛和覺悟，不是件簡單的事。

這話題好像變得太龐大了。出道後、團體逐漸有名時，有段幫助我們進行活動的相關人員比以前增加的時期。只要團體活動順遂，團隊夥伴也會隨著規模擴大而增多。這是條幸運的道路。但另一方面，也曾會覺得：「如果我寫不出好歌的話，這些人們會離我們而去。」因此感到不安。

因為是職業音樂人，要說這是當然，的確理所當然。是因為有能力才能吸引到人、建立人際關係。如果更加有能力的人出現，人就會往那邊聚集。這就是職業人士無法視而不見的現實。

那個時期，我被老家雙親的話語所拯救了。

他們只會問我：「有睡覺嗎？」「有吃飯嗎？」這兩個簡單扼要的問題。重點是，就算寫不出好歌，他們也會允許我生存。雖然聽起來可能有些誇張，不過這成了把音樂當工作的我，人生中的支撐。

每天，電視上都有不同的人謝罪。假如我自己犯下過錯、回到家裡，這隻狗還是會一如既往搖著尾巴，迎接我回來吧。不需理由就接納自己的存在，果真很尊貴。我這麼想著的時候，兒子也從狗的後方掛著笑容跑了過來。哎呀，他也是如此。這就是家人啊。我明白了這點，對他們露出了微笑。

某人道歉的模樣

總是態度溫和的同代友人表露憤怒。

「是覺得道歉就輸了嗎？」

據說是比他還要年長許多、又有地位的人，在工作上犯了錯。

整理一下來龍去脈，很明顯就是那位人士犯錯，他本人不可能不知道。但是，不知道是因為年紀大、愛面子，或是覺得欠別人人情，之後相處起來會立場不利，他的說詞都很曖昧，一直不肯低頭認錯。

當然，連高高在上的態度都不肯改。其實根本就算只是官腔也好，承認錯誤、說句抱歉的話，相關人員願意網開一面。正因為對方不道歉，事情才變得格外複雜。真讓人困擾——友人唉聲嘆氣道。

這是很常發生的事。有地位、要守著的面子膨脹了起來的人，變得頑固，展現無聊的執著。

固有立場的人不可輕易道歉。可能要在社會上走跳有些相關的規矩，但如果太超過的話只會為周遭的人添麻煩。

我在心裡跟自己說，自己不能哪天也變成那樣。但我突然想到了。可能道歉這個行為確實變得比以前更加特別了。我不是指年齡，我是說社會變化。

雖然講起來既難過又諷刺，不過現在「某人道歉的模樣」有很大的需求量。沒有，才沒這回事，我不想看——大家或許會搖著頭這麼說。我也曾是這麼想的。

不過，我直到前陣子都還對主角大喊著：「加倍奉還！」讓反派角色的演員做出漂亮下跪的連續劇，我很入迷。

連續劇非常有趣又精采，不過反派角色被攻擊到體無完膚、跪拜在地上的姿態會讓人如此興奮，我想應該是因為我自己多少也有追求這些的心情吧。

「因為那是虛構的劇情。」這個藉口沒有什麼意義。素未謀面的人的外遇情節，自己完全沒有受害的違法行為。希望大家能夠想想，僅只用個人視角看的時候，這些事和虛構內容究竟有著多少的距離呢？應該會比你所想的還要近。

電視和手機螢幕裡幾乎每天都播放著某人道歉的模樣，這些內容被當成新聞秀消費。主角貫徹正義，讓惡勢力低頭的故事受到喝采。兩者就根本而言，是有所關聯的。

在社群網站上激烈的言語交鋒已是日常風景。

那與其說是討論出更好的解答共創未來，更為顯著的是，試圖得出哪方才是正確的競技性。道歉正意味著敗北，這個重大感加強了對道歉這件事的恐懼。現在，我們身處在只要認錯過一次就會被徹底非議的世界上。

人氣連續劇《半澤直樹》裡，由柄本明先生所飾演的角色——最大反派箕部幹事長，在最高潮的下跪場景，頭磕在地上的瞬間，像是演喜劇一樣落荒而逃。我看著那個滑稽的逃法大笑，卻也忽然有種被救贖的感覺。敗退的箕部雖然會因為罪狀而失去很多東西，但是他自己的人格特質沒有被奪走。

就算那是可恨的東西也好，我希望自己是對強迫他人道歉，以至於破壞對方人格這件事，感到畏懼的。這難道是種天真嗎？

「那麼請做好上臺演唱的準備」

絢爛奪目的燈光，映照著音樂節目的攝影棚主持人席。

從我小時候就會在電視上看到的知名諧星擔任主持，他身邊坐著我每天都會在電視上看到的人氣主播，正完美地主持著以秒為單位來排程的現場直播節目。我們則在舞臺側邊等待。

「廣告結束之後會播介紹影片，生物股長的各位團員請在那時候登場。」工作人員雖然說明過了，但因為很緊張，沒有好好聽進去。想著要照流程走才行，結果腦內還在確認流程時，時間就到了，被催促著：「請你們登場！」然後慌慌張張登上舞臺——是常有的狀態。

有好幾部攝影機對著我們。攝影機旁有人拿著素描本，上面用麥克筆寫著事前開會討論好的談話主題。其實就是小抄。明明只要照著這個內容談話就好了，麥克風朝向自己的瞬間總會無法順暢講話、聲音飄飄的，還會因為要遮掩，脫口而出一些多餘的話。這些失敗，主持的諧星都能轉變成漂亮的哏。在安下心來的同時，被催促著：「那麼請做好上臺演唱的準備」。

哎呀，又沒能好好講話了。真丟臉啊。就在覺得喉嚨上哽著什麼的狀態下開始演奏。

出道至今十幾年，在眾人面前說話，到現在都還是件很困難的事。未曾習慣。

電視廣播和演唱會的舞臺上，有很多非說話不可的機會。因為是音樂人，所以大家的確不會要求什麼太複雜的東西。不過很多被稱為傳奇藝人說的話很有說服力，在歌曲之間講的話也很受好評。雖然自己也想要和那些前輩一樣，單用話語就能夠鼓舞觀眾，但連一小段談話都無法如所想的一般表達，大多都在結束後使我嘆息。

我到開始玩音樂、站上舞臺之後，才知道談話的困難度。不管是諧星也好、藝人也好，每天在電視上看到那個「對話」的情景，就覺得自己應該也能做到，這想法大錯特錯，我丟過好多次臉。對話是大家日常都會進行的，所以才會覺得很貼近生活，不禁認為很簡單。

不過，諧星和藝人妙語如珠的對話，和日常的對話看似相同，實則完全不一樣。被稱為當紅炸子雞的那些人，對話的抑揚頓挫、用字遣詞總是絕妙。偶爾跟他們一起錄製節目，親自見識到他們的技術，使人不禁感到景仰。

剛出道時，曾經上過 DOWN TOWN 兩位所主持的音樂節目。被問到團名的由來，我一脫口：「這題平常都是水野回答的……」結果松本人志先生突如其來回了一句：「那就由你以外的人來回答。」

寫成文章之後，僅此而已。雖然感覺像是再普通不過的對話，但是現場爆笑不止。一瞬間，我不知道身邊發生了什麼事。

大概，松本先生用了最適合當下氛圍來激起大家笑意的語氣說了這句話吧。平凡無奇的對話就像被施了魔法一樣，讓我感動。以說話為生計的人他們的高明技巧，總讓我感到憧憬不已。

觀眾席上的故事

我想親眼見識神田松之丞（＝現為伯山）（註9）的講談。要在連載或是訪談等大家會看到的地方，公開地說自己是誰的粉絲，本身是件非常需要勇氣的事。

對事物的熱情有溫度高低不同的層次。就算是一句「喜歡到內心澎湃」，也有分成是指尖感受到微熱傳來的程度，還是熱情到像是火山岩漿要從骨髓裡湧出一樣的區別。同樣是「喜歡」，幅度很寬廣。

註9　講談是日本的傳統表演型態，類似中國的說書。講壇和歌舞伎一樣有襲名制度。原名古館克彥的神田松之丞於二〇二〇年繼承了神田伯山的名號，為第六代。

對保有像後者一樣情感的人來說，被拿來和前者的「喜歡」相提並論，會感到憤怒實在無可厚非。簡單地說，「你是路人粉吧！」這句話，總是讓人在剛開始喜歡上什麼的時候，感到戰戰兢兢的咒語。

坦白承認，我就是個完全的「路人」。

可說是路人中的路人。哎呀，很抱歉。講真的，我只是想讓從以前就很熱中的各位講談粉絲，也能夠笑著閱讀這篇文稿而已。本來在寄席（註10）等現場已經蔚為話題，但直到松之丞先生在電視上曝光，我才第一次知曉他的存在。像我這樣典型的「路人」，或許光是以此為話題就是件失禮的事。

那是一個諸多人氣諧星接連表演漫才或短劇的電視節目。從大牌

註10　落語、講談等表演的場地。

到當紅的年輕新星，一連串豪華的演出名單。我邊捧腹大笑邊看。這時，畫面上突然出現一位和目前為止走向明顯氛圍不同的和服男子。

見識淺薄的我一瞬間想說，是誰？結果他本人也在開頭簡短的引子裡就對觀眾說：「『你是誰啊？』的氛圍，還真是不得了啊？」逗得有所戒備的觀眾發笑。

開始演出之後很不得了。不只是現場觀眾，連在電視機前為「說來我還是第一次看講談啊」而迷惘的我這種人，短短幾分鐘就被那氣勢驚人的演說樣貌吸引。進到主角宮本武藏被敵人包圍的高潮橋段的時候，內心完全著迷，想著：「講談，原來是這麼有魄力又有趣的東西嗎！」

後續呢？接下來呢？在我完全熱中聽著的時候，時間到了，今天就講到這裡。他留下的那句話很帥氣。

「後續請繼續追蹤我。」

想要追蹤他。讓人想接觸。首先入手已發行的CD、DVD和書籍，還聽起廣播。精采。厲害。有趣、帥氣。都快能說是戀愛了吧。當然事已至此，想要親眼看一次。

全國有幾萬人跟我一樣走過這條路呢？果然，入場票很難買。地區性的講演的確還有零星空位，但我那天有工作，要出遠門有點……哎呀，好煩。

明明我也從事舞臺上的工作，但是不好意思，現在才切身體會到，買票的觀眾原來是這種心情啊。不論是誰都身負工作、有自己的緣由，還有金錢籌措的問題。但仍排除萬難，懷抱著熱情買下門票，來到現場啊。那個充滿氣魄的眼神，告訴了我觀眾席上重要的故事。

酒量差的迎戰方式

比以前還要沒辦法喝酒了。

我本來酒量就不是很好。喝一瓶啤酒馬上會臉紅，過一段時間會變得活潑又愛說話，不出一會兒就會產生睡意。在氣氛熱鬧的宴席上睡著，或是露出想要回家的表情，變成對場上歡樂氣氛潑冷水的存在。畢竟是大人了，會努力不想要失禮、不想破壞酒席興致。不過，這種理性產物正會因酒醉而崩壞，也曾在最後冒出一串真心話：「為什麼我要奉陪愛喝酒的人到這麼晚啊。為什麼不會喝酒的我要配合那些人的常識啊。」湧出近似憤怒的情感，讓氣氛變得很危險。

所以，我都會避開酒席，或是最近餐飲店有備無酒精啤酒的也很多。我只有在一開始乾杯時拿在手上配合氛圍，後面到剛好的時間點我就會表示：「差不多先走了。」

我已經不再勉強自己配合了。不如說，都知道我不會喝酒了還為此發怒的人，往後恐怕也沒辦法長久相處下去吧。對方大概也會覺得：「不喝我的酒啊？真是個無趣的傢伙。」還是不合，也無可奈何。

二十幾歲的時候很常是前輩請客，不能失禮數的立場。更重要的是，體力很好所以會勉強自己配合。不過邁進三十幾歲，變得會在人際交流上有所取捨、劃分界線。

我覺得，自己已經不適合部分愛喝酒的大家所提的「社會常識」了。如果會因此有所損失，那也沒辦法，我願概括承受。演藝界有把自前輩那承接下來的恩惠，傳遞給下個世代的習慣。我想要用不是酒的形式，傳遞些什麼給後輩。

出社會十幾年，我有些想法。或許這是只是小伙子的傲慢，不過希望大家聽聽一個酒量差的人的意見。

說來，我覺得工作上的事，「打開天窗說亮話」的場面不該是酒席。特別是比我年長世代的男性多有這種印象。

在工作上碰到問題，有些需要深入議論的事情，會有不少人馬上說：「我們喝一杯吧。」擺出得意洋洋的微笑，用手快要搭到肩膀上的距離說著：「邊喝酒邊慢慢說的話，大家就會懂的。」這對酒量差的人來說，完全不能理解。

直白地說，要靠喝醉解除理性，才能夠討論工作，我覺得身為社會人士是不合格的……

說這種殺風景的正論，感覺現在都能立刻聽到愛喝酒的大家回說：「不要說這麼嚴肅的話嘛。真是個不通人情的傢伙啊。」要怎麼互相理解，真是件難事。

說真心話，我不想要都照愛喝酒的人的步調前進。酒量差有酒量差的迎戰方式，有自己和人相處之道。這也是隨人不同的。

僅熱中於取勝的正義

正義終將獲勝。小時候，我是個黏阿嬤的孩子。

在她生前，我是她孫輩裡面最年幼的。表兄弟姊妹全部比我長了至少十歲，親戚全都很疼我這個晚生的男孩子。尤其是外婆在我出生時，年事已高，本來就溫柔的性格變得更加圓滑了吧。我只有受寵愛的美好回憶。

暑假回鄉下，她會容許孫子的各種任性。但是，溫柔的外婆只有一件無法容許的事。現在回想起來仍會不禁笑出來。那不是什麼大不了的事。不過，對她來說，是難以讓步的鐵之紀律。

「在看水戶黃門連續劇的時候，不可以轉臺。」

只有這點不可原諒。因為當時還是小孩，肯定吵著說要看動畫，或是要看巨人隊比賽的轉播。偶爾才會來的孫子很受寵，有電視頻道的選擇權。那是個沒有網路的時代，要看哪個電視節目對家庭而言，是件重要事項。

她總讓孫子隨喜好看。但有天我要轉臺時，外婆罕見地用冷靜的口吻說：「不行。」當時我還是孩子，卻留下強烈的印象。外婆對我說「不行」的記憶，只有那一次。

她用我幾乎未曾從她口中聽過的低沉聲音說：「阿嬤我想看水戶黃門。」聲音裡的意志堅決，我沒辦法馬上回話，嚥下口水。嚇了一跳。我想著：阿嬤原來這麼喜歡水戶黃門。

長壽連續劇水戶黃門系列，年輕世代或許有很多人不熟悉。有著勸善懲惡，易懂的故事內容。反派很單純，是為非作歹的官人，或是使一些骯髒手段的商人。被逼入不講理困境的弱小市民，由於水戶黃門一行人的行動而獲救，也有用溫暖人情賺人熱淚的故事。是從小朋友到大人都能夠安心開心觀看的經典作品。

故事中總是不斷單純地描繪倫理或道德。愛照顧人又溫柔的外婆會喜歡，我完全能夠理解。

不過，那之後經過漫長時光，時代改變了。

以往認為是絕對真理，不曾懷疑過的事，多數的正義都相對化，讓人理解這世界是很複雜的。說不定沒有辦法像外婆開心收看水戶黃門那時一樣，這麼天真地描寫正義這題材。

和正義相對的已經不是「惡」了。在現代，正義所面對的是「不同的正義」。社會大眾開始思考，承受麵包超人拳頭的細菌人所帶有的悲痛，思考被桃太郎擊敗的赤鬼、青鬼的不甘心。他們各自有守護著的東西，也有支撐著他們的正義。虛構的世界裡，也不再能夠單純描繪勸善懲惡了。

為了避免誤會，我想說，這不是件讓人難過的事。我覺得這是社會進步了。

這是一個認同多樣性，擁有不同想法的人們能夠共存的社會。這世界跟以前比起來，更強烈擁有實現寬容社會的意念（即使要經歷過多少次失敗）。

不過，無法單純論述正義這點是確實的。

我想也是因此更容易使人顯露出「想要保持正確」的慾望以及不安。現在無論是誰都渴求著絕對不會被否定的「能取勝的正義」。

犯法、違背倫理。如果出現了清楚、容易批評的惡，很多人就會爭先恐後發聲。因為揮刀除惡不會被任何人責備，故很容易失去控制。不論誹謗中傷在世間造成多少問題，相信自己是實行正義的人，很難顧慮到如果踩錯一步，自己的行為也會變成誹謗中傷的危險性。

沒有什麼比毫不躊躇的正義更可怕。

正義會不斷獲勝。只會留下勝敗結果。

在質問「世界會怎麼改變」之前，大家又會找尋其他的惡。

僅熱中於取勝的正義並不溫柔。

無法聯繫起來的東西

這只是個假設，請大家不要害怕，聽我說。

你眼前有個男人。表情凶惡，瞪著你。

他手裡握著刀，手臂上的青筋微微浮出。他刀握得很緊。感受到殺氣。他打算刺向你。無處可逃了。當他朝你襲來時，究竟該如何是好呢？

這個設問，想用機智逃脫也沒有意義。答案很簡單。

我會選擇戰鬥。假如家人在我身邊，為了保護他們的性命，我應該會展現出和他相同的攻擊性對抗。這話可能有些太過唐突了。不過，我很常空想這件事。因為我認為這是身為個人的自我極限。

身為人，要愛一個想殺掉自己的人是非常困難的事。

可說是近乎不可能。單純就心情而言，我想和跟我不同想法的人們也維持好關係，想要在自己的日常當中實現所謂的博愛和寬容。不過這是漂亮話，在無法退步的終極場面上，如果以自己的生死衡量，可以輕易想像自己會選擇切割和拒絕無法互相理解的他人。因為自己不是聖人，所以沒辦法毫無抵抗地接受刀刃刺來。我應該會和他拿刀相向。

我覺得這是個極端的比喻。儘管如此，這應該可當成思考人和人有多難互相理解時的線索。人類不論是誰，要被所有人喜愛是不可能的，也不可能喜愛所有人。我覺得這是包含我在內的所有人，所擁有的極限。

但是，我也會這麼想。憎恨到想殺了我的他，曾經哼著我所寫的歌，這可能性或多或少還是存在。

看網路上充滿難聽的辱罵。自己是長相和名字曝光的人，所以被帶刺的話語中傷已經不是一次、二次。

我不覺得自己能和講出那些話的人處得來。我討厭他們。有時候甚至希望他們消失。不過，那些人有時候會在批評某人的字句後面發「我在卡拉OK唱了生物股長的歌」之類的文，說喜歡我寫的歌。我應該沒辦法帶著笑容和他們對話。可是，歌曲好像連他們也取悅了。使我盯著手機螢幕沉思。

我想起發生大型災害時，總是會繞在腦袋裡讓我困擾的事。

不論何時，我只是個待在安全的地方，持續過著日常的旁觀者。旁觀者對於受災的當事者做出些表示，不一定就是溫柔。倒不如說還可能成了失禮，讓他們受傷。不過，在我迷惘困惑的時候，有時候當事者的他們會哼唱著我所寫的歌。

東北震災的時候，我在東京自家的電視上看到了避難所裡的一些國中生唱著〈YELL〉的光景。當時的情感無法忘懷。不中用的我什麼也做不到，但是歌曲達成了它的使命。

身為人無法互相理解、無法有所聯繫的人們，依然能透過歌曲牽在一起。超越個人無法跨越的切割，成為無法互相理解的人們之間的連結。不管其中是悲痛、憎恨、缺乏理解、漠不關心，歌曲有時候能夠輕易飛越過那道高牆。

那是歌曲——或更宏觀而言是「文化」——存在的重要意義。也經歷過了新冠肺炎疫情蔓延帶來的混亂。任誰都被迫進行切割的日子持續著。某人責備某人的話語，充斥著日常生活。

不過正因如此，能成為寬容和跨越境界憑藉的「文化」，價值水漲船高。

那個無動於衷的政治人物，應該也唱過有關愛的歌曲。

我想這個諷刺的事實正是「文化」對「政治」所展現出的強韌。

真實存在於你的心中

一切，都存在於你的心中。

落語家在坐墊上精采演出。恰到好處的節奏和分明的抑揚頓挫，精采的話術使觀眾著迷。

江戶時期村民的輕快對話。故事進展到要吃蕎麥麵的橋段。「老闆，給我來碗蕎麥麵吧。這傢伙就免了，蕎麥麵這東西啊。」邊講著對白，順勢拿起眼前的扇子。做出左手拿碗、右手拿筷子的動作，在嘴邊呈現吸麵的聲音和動作。

同樣的場景聽說被稱為名人的人看來能像真拿了碗熱騰騰的麵在

眼前。表現得實在是太好吃了，使得觀眾不禁激起食慾，甚至吞了口水的真實。

不過，稍作思考，這個真實感究竟從哪裡出來的呢？雖然知道很蠢，還是確認了一下，落語家手上並沒有拿碗。看起來像筷子的其實是扇子。當然，最重要的蕎麥麵也不存在。那麼，在哪裡呢？是的，就在觀眾的腦海裡。

我常想，不管是哪位歷經千錘百鍊的知名表演者，最後都只能仰賴觀眾的想像力，這點就是落語、戲劇、音樂的有趣之處吧。住在不同文化圈、沒有吃過蕎麥麵的人們，應該很難跟住在日本熟悉蕎麥麵的我們，想像出一樣的東西。更進一步地說，以前的觀眾所想像的蕎麥麵，和活在現代的我們所想像的蕎麥麵，也是相當不同感覺的東西吧。

看到「這裡有一碗拉麵」的文章時，住在北海道的人所想像的可能是味噌拉麵，住在福岡的人所想像的或許是豚骨拉麵。即使聽了同一個故事，觀眾腦海裡所浮現出的影像，都會隨著那個人本身的經驗和生活習慣而有所差異。

想像一下，坐在一個落語家面前聽同一個故事，但其實腦中完全播放著不同電影，這樣會比較好懂。表演的人當然會努力下功夫，讓觀眾比較容易想像，但是他們沒有辦法按下得出最後解答的按鈕，那只能靠觀眾自己按。這就是演藝工作的困難，也是趣味所在。

數年前，一位女性在某個活動會場跟我搭話。她眼眶泛淚對我說：「我被你所寫的歌救贖了。」聽她說，她長年陪伴彼此的伴侶不敵病魔離世了。兩位都很喜歡生物股長的歌，很常在病房裡聽，出殯的時候也播了。那是對離別之前的兩人時光來說很重要的歌曲。她說：

謝謝你寫下這麼棒的歌。雖然對作者而言，沒有比這個讓人高興的話了，但我如此回答她：「不是因為我們的歌曲很棒，而是兩位一同度過的日子很精采啊。」她看起來很高興，露出笑容點了頭。

短短幾分鐘的歌曲能寫下的，不可能比聽眾擁有的磅礡人生故事更加豐富。歌曲受到試煉的，是能夠觸碰到那個豐富故事多深，僅此而已。比起「給出」答案，我總是想著要「觸碰」到你心中的答案。

邊寫著歌

小時候，我夢到自己死了。

是小學三年級，還是四年級的事。

夢裡迎來了早晨，我離開兒童房的床上，走到客廳。看到桌子對面雙親低著頭，哭泣著。

我問他們：「怎麼了？」兩人都沒有反應。

老家的客廳旁邊是鋪著榻榻米的和室。現在回想起來，混雜日式和西洋風格的格局，實在有些微妙。不過我從有記憶以來都在這長大，所以當時毫無抗拒就接受了這件事。那間和室裡鋪著被褥，裡頭躺著一個男孩。我雖然沒有看到他的臉，但不知為何，我明白了那是我自己。

被褥的四個角落各有一隻身穿白衣的狐狸等著。

其中一隻狐狸比其他隻身軀龐大且有威嚴，應該是他們一行的頭目吧。他挺直了背沉重低喃：「這孩子死了。」他們互看對方、點過頭，一同挑起四個角落，就這樣飄浮起來，連著被褥穿過了天花板，消失在空中。

寫成文章的確滿可怕的，有點像是怪談。畢竟是多愁善感的孩提時代，應該受到了當初看的電影或是連續劇影響吧。如果是長大成人的現在還能夠說句：「作了詭異的夢。」忘掉就算了。但當時只是十歲左右的少年，要他不在意是不可能的。或許是可憐怕過頭的兒子，媽媽說：「夢的事，阿嬤很了解，你問她看看。」幫我打電話給住在濱松的外婆。電話那頭傳來外婆令人熟悉的開朗笑聲。

「太好了呢。夢到死掉的夢是好兆頭呀。以前的人可是說，夢到死掉的夢會長壽唷。」

這說不定是為了讓孫子安心的假話，又或者以前的人真的這麼說。無論如何，最喜歡的外婆的聲音都讓孫子的心情變得輕鬆。回想起來，當時如果問她：「阿嬤曾夢過自己死掉嗎？」就好了。外婆在那之後幾年就離開了人世。

「死」，究竟是怎麼一回事呢？

在剛懂事的年紀，腦中開始理解，自己也身在由生至死的旅途當中。但是，仍是少年的我，對於終將造訪自身的「死亡」這不可思議的東西，只能感到困惑以及害怕而已。

電視上談論超自然現象的節目很受歡迎。明明害怕，我還是很常觀看。

UFO啊，還有靈異照片啊。其中諾斯特拉達穆斯（註11）的預言在朋友圈裡也非常流行，很常在教室裡吵鬧著：「這世界好像就要終結了，我們也要死了。」

世界將滅亡。根據預言所述，敵人會從空中降臨。

電視旁白講得煞有介事，當時才小學生的我們還能用如同漫畫世界的想法說：「既然這樣，在那之前我們就跟《七龍珠》裡的悟空一樣修行，然後用龜派氣功攻擊壞人。」這樣鬧著玩。

可是，更年長一點的哥哥、姊姊們就不一樣了。他們被末日論的

註11 法國籍猶太裔預言家，著有預言集《百詩集》。

恐怖奪去心智。迷惘至極的他們，有一部分敲開了新興宗教的大門，後來以救濟為名，引發了不幸的事情。

長大成人之後，應該能夠更冷靜一點地思考「死亡」。本是這麼想的，但發生了阪神淡路大地震、地下鐵沙林事件。看到大人們慌張的樣貌，我就覺得，原來即使長大成人，也不會明瞭生和死啊，是沒有解答的東西。

「死亡」似乎是件很棘手的事。比自己博學多聞的大人，似乎也會為它的可怕感到發狂。還是孩子的我，感覺這件事比對「死亡」本身的恐懼更加危險。

雖是小孩，仍對「死亡」感到畏懼。而自己，好像也必須跟大人一樣，在這份畏懼之下生活下去。

我開始明白，這條命是有極限的。

並且有「縱的極限」和「橫的極限」兩種。

「縱的極限」意味著，這趟人生並非永遠。

就算再怎麼久，不過百年，自己的肉體即會消滅。

生命的起點和終點由一條線相連著。只要開始前進，便不可後退。不論是誰，都無法從這旅途中逃開。沒有辦法跟旅途已經結束的人見面。我現在能馬上回想起那個熟悉的高亢聲音，但是已經無法再和外婆見面。我也是，若結束了旅途，在那之後就無法再和誰見面了。

「橫的極限」意味著，自己和他人是不同存在。

要和誰互相理解非常困難。

或可說是幾乎不可能的。

升上高中時，我開始不與人交際。成了個一整年不和班上任何人說話的人。不是無法進行對話這個行為。畢竟在教室外頭還和六歲時認識的朋友一起組成音樂團體，站在街上來往的大批群眾前彈著吉他、唱著歌。

當時的自己有可以順利對話的對象，和無法順利對話的對象，且兩者的分別很明確。日常中我與周圍他人的溝通，時而連線、時而斷線，狀況不穩，斷斷續續，像是連線狀況不好的 Wi-Fi 一樣。總之就是不擅於和自己以外的存在交流。

隨著年紀增長學會了很多詞彙，知道了很多表情。很常搜索世界上正在流行什麼，應該也大致學會了如何辨識對話中瀰漫的氛圍。儘管如此，要交朋友總是很難。就算和誰滿臉笑容玩在一起，心中也充滿無以言喻的寂寞。而且那份寂寞，總沒有人從外界察覺出來。自己心中的東西，要和他人分享似乎很困難。

存在於這廣大的世界中，且浮沉於時間之海裡，自己這條生命確切擁有「極限」，和外界明確隔絕到近乎殘酷。

到頭來，我不是一直針對「極限」，一直思考至今嗎？

無法超越「極限」嗎？

這是我問自己為什麼要寫歌時，所得出的語句。唉，雖然自己的慾望有各式各樣的種類，在自問自答當中想過了好多，像是想要被稱讚、想要錢、想讓大家知道自己的存在，或其實只是因為創作很開心。從一些沒格調的想法，到還算有模有樣的回答。

但是，就算這些全部實現了，最後剩下的想法是，既然活著，我能不能試圖超越「極限」的框架。

有「極限」讓我感到寂寞。

曾經聊過天的某人的生命結束，讓人寂寞；總有一天自己的生命也會結束，讓人寂寞。隨著懂事，我便覺得「死亡」比起令人恐懼，更令人寂寥。

媽媽從我小時候開始就很常訓斥我：「你要對別人多感興趣點。」我不太明白，該怎麼和他人的存在相處。

大概我比別人，更加不擅長體貼他人吧。不論學校還是家庭，在各種場所，日常都安然無恙地前進著。不過，持續著和對方進行無法互通的對話，無法讓對方理解自己心中的感情，很讓人寂寞，無法理解他／她所想，也讓我感到寂寞。

所以，選擇這份工作之後，我像任性的少年，執著地不停說著。

我想寫出受萬人喜愛的歌曲。希望至少歌曲能夠超越像自己這樣渺小存在的「極限」。

一臉正經八百地說這種事，肯定會被嘲笑或挖苦。而且越是親切又溫柔的人，越是會用擔心的表情告誡我。

「要寫出讓所有人喜歡的作品是不可能的啊。會搞壞身心的。」

每次有人對我這麼說，我都會點頭回：「我知道。」我不想要否認他們。因為我認為那是事實。我自己也打從心底覺得是如此。

不過，如果要裝作沒有想要寫出萬人喜愛歌曲的慾望，我可是沒有辦法。

我想要寫出自己死後也會留下來的歌曲。

想寫出可以讓無法互相理解的某人露出笑容、留下眼淚的歌曲。

不會因為不可能如願而屈就。如果可以這麼果決地切割掉這個願望，那麼身為一個流行音樂的寫手，是很孱弱的。

如果是端正待在「極限」框架裡的作品，我覺得沒有刻意創作的意義。

或許我就是慾望深重，不知好歹。

兒子出生之後，經過了數年。

我的健康檢查發現異常，肺部有個小腫瘤。

化驗結果是良性，完全沒有急迫進行治療的必要，是「每年要好好回來複診喔」的程度，生活一成不變到讓人沮喪。雖然安心了，但是一開始收到檢查結果，看到上面枯燥乏味的文字寫著「發現異常」時，我想著：「哎呀，人生就像這樣，會突然迎來時針轉動的瞬間呢。」而且記得我當下還想著，如果自己不在了，接下來兒子和家人會怎麼樣呢？

兒子出生之後，我變得會思考自己「死亡」之後的事情。

在這之前我都誤以為「死亡」來臨就是終點。可是「死亡」還有後續。人們會在某人「死亡」之後繼續活著，我在兒子出生之後終於有了實感。我也是，活過了外婆「死亡」以後。

在歌曲中描繪的「極限」也大多會寫出「極限」的後續了。

不論是活在這個世界上的誰，都活在某人的「死亡」以後。

大家，都活在某人的「極限」之後。這說不定對活著的人類而言，是一件極為普遍的事情。我覺得，這能寫成首歌。

再會　再會　春天很美麗呢
無法不落下淚水啊　但仍得活下去才行
再會　再會　我要走下去了喔
往我們一同度過的日子的　延續　和未來

再會　再會　我全部都不會忘懷
我會帶著想念　一起活下去
直到　落下了　開心的淚水
我都會一直走下去　你就在某處　露出笑容吧

摘錄自生物股長〈TSUZUKU〉

「極限」不會消失。

今天世界上孤獨的每一個人，也都過著自己的人生。不論是誰總有一天會死去，誰都無法和身旁的人互相理解。即便如此仍活著。

不過人類會創作出「家庭」這個故事，創造出「愛」這個字眼，打造出各自隔絕的「極限」像是連繫在一起一樣的幻覺，以對抗永遠無法抹滅的「寂寞」，這樣活了過來。

歌曲，應該也能夠成為人類對抗「寂寞」的幻想之一吧。

我今天依然對同樣抱著「寂寞」的遙遠某人，用如同寫信般的心情，寫著歌。

兒子能一邊嬉鬧一邊哼著我寫下的旋律時，我肯定也能戰勝「寂寞」，露出微笑。

感謝辭

最後，想感謝熱情邀約平常身處音樂界的我，給我機會開始寫「邊寫著歌」專欄連載的共同通訊社池谷孝司先生、藤原聰先生，還有要對為這次編載成書抱持熱誠盡心盡力的新潮社堀口晴正先生、島崎惠小姐，再次致上深深的感謝。

本書所收錄的文章是由共同通訊社發表的連載專欄為底稿。雖說如此但在編載成書之際，還進行了一些改稿修正。除了連載專欄以外，多加了兩篇額外書寫的散文，還有水野我個人進行的實驗企劃「HIROBA」網站上發表的文章，以及受到共同通訊社邀稿，為東京奧運開幕式、閉幕式所執筆的文章，和投稿在《日刊體育》上的詩等，經過部分修正，收錄於本書。在此，對同意將投稿的詩篇發表於本書的《日刊體育》編輯部諸位致上謝意。

我覺得文章和歌曲一樣，在有人閱讀後，會被賦予生命。

對入手這本書的你，表達最深的感謝。

水野良樹

嬉文化
雖然狗狗不會唱歌：生物股長吉他手水野良樹散文集
（原名：犬は歌わないけれど）

著　　者／水野良樹　譯　　者／陳虹儒　國際版權／黃令歡、梁名儀
執 行 長／陳君平　美術總監／沙雲佩　企劃宣傳／陳品萱
榮譽發行人／黃鎮隆　美術編輯／方品舒　協力編輯／熊芩
協　　理／洪琇菁　執行編輯／丁玉霈　內文排版／謝青秀
總 編 輯／呂尚燁

出　　版／城邦文化事業股份有限公司 尖端出版
台北市中山區民生東路二段一四一號十樓
電話：（〇二）二五〇〇－七六〇〇
傳真：（〇二）二五〇〇－二六八三
E-mail：7novels@mail2.spp.com.tw
發　　行／英屬蓋曼群島商家庭傳媒股份有限公司城邦分公司　尖端出版
台北市中山區民生東路二段一四一號十樓
電話：（〇二）二五〇〇－七六〇〇（代表號）
傳真：（〇二）二五〇〇－一九七九
中彰投以北經銷／楨彥有限公司（含宜花東）
電話：（〇二）八九一九－三三六九
傳真：（〇二）八九一四－五五二四
雲嘉以南／智豐圖書有限公司
（嘉義公司）電話：（〇五）二三三－三八五二
傳真：（〇五）二三三－三八六三
（高雄公司）電話：（〇七）三七三－〇〇七九
傳真：（〇七）三七三－〇〇八七
香港經銷／城邦（香港）出版集團有限公司
香港灣仔駱克道一九三號東超商業中心一樓
電話：（八五二）二五〇八－六二三一
傳真：（八五二）二五七八－九三三七
E-mail：hkcite@biznetvigator.com
新馬經銷／城邦（馬新）出版集團 Cite（M）Sdn. Bhd.
E-mail：cite@cite.com.my
法律顧問／王子文律師　元禾法律事務所
台北市羅斯福路三段三十七號十五樓
二〇二三年六月一版一刷

■中文版■

郵購注意事項：
1.填妥劃撥單資料：帳號：50003021戶名：英屬蓋曼群島商家庭傳媒(股)公司城邦分公司。2.通信欄內註明訂購書名與冊數。3.劃撥金額低於500元，請加附掛號郵資50元。如劃撥日起 10～14日，仍未收到書時，請洽劃撥組。劃撥專線TEL：(03)312-4212 ・ FAX：(03)322-4621。E-mail：marketing@spp.com.tw

國家圖書館出版品預行編目資料

雖然狗狗不會唱歌 : 生物股長吉他手水野良樹散文集 / 水野良樹作 ; 陳虹儒譯 . -- 一版 . -- 臺北市 : 城邦文化事業股份有限公司尖端出版 : 英屬蓋曼群島商家庭傳媒股份有限公司城邦分公司尖端出版發行 , 2023.06

面 ; 公分

譯自 : **犬は歌わないけれど**

ISBN 978-626-356-609-5 (平裝)

861.67 112005245